Scholastique Mukasonga
Kibogos Himmelfahrt

Scholastique Mukasonga

KIBOGOS HIMMELFAHRT

Roman

Aus dem Französischen
von Jan Schönherr

claassen

RUZAGAYURA

Kamanzi, unser Unterhäuptling, kam, um die Kinder zu holen. Der Kolonist hatte ihn dafür bezahlt. Eine Uhr hatte er ihm gegeben, dazu eine Brille, auch eine Flasche Portwein, zwei Fässer Öl und eine Bahn Stoff für seine Frau und die Töchter. Mitgenommen hat Kamanzi die Kinder von Gahutu, von Kagabo, von Nahimana und von vielen anderen. Sogar die kleinen, die noch keine zehn Jahre alt waren. Er brachte sie aufs Feld des Kolonisten. Dort sollten sie die Blumen pflücken, die der Kolonist gepflanzt hatte. Blumen mit weißen Blüten, in der Mitte leuchtend gelb. Der Unterhäuptling hatte uns gesagt:

»Für den Krieg sind die, die Blumen. Man hat uns erklärt, wir Ruander müssten uns anstrengen für diesen Krieg – den Krieg der Belgier, der Engländer, der Deutschen, den Krieg aller Weißen. Die Blumen sind Medizin für die Soldaten an der Front. Sie töten die Stechmücken, die ihnen Malaria bringen. Dazu braucht es viele Blumen. Das hat der Verwalter dem Häuptling gesagt, und der Häuptling hat es mir gesagt: Deshalb nehme ich eure Kinder. Kinderhände, sagt der Kolonist, sind genau das Richtige, um die kleinen Blumen zu pflücken.«

Und die Kinder pflückten und pflückten, bei Sonne und bei Regen. Diejenigen, die zur Schule gingen, gingen nun nicht mehr hin. Vor Sonnenaufgang holte man sie von zu Hause ab, und bei ihrer Rückkehr war es dunkel. Sie waren todmüde, nicht mal zum Essen hatten sie mehr Kraft. Und sie weinten und weinten und wurden krank, und wenn die Mütter sie versteckten, holte man die Väter ab und verpasste ihnen Ibikoko – acht Hiebe mit der Peitsche.

In dieser Zeit haben die Häuptlinge ihr Mitgefühl verloren. Sie hatten die Häuptlingsschule in Nyanza besucht und waren seitdem nur noch Häuptlinge für die Bazungu. Sie trugen Hemden, Hosen und Brillen. Sie gingen staksig, weil der Verwalter sie in Schuhen sehen wollte. Im Schlepptau hatten sie Sekretäre, die noch besser lesen und schreiben konnten als sie und alles in dicken Heften notierten. Vor ihnen, den Abakarani, hatten sogar die Häuptlinge Angst, denn der Verwalter lud sie abends hin und wieder zum Bier auf seine Barza ein, und wie soll einer seine Zunge zügeln, wenn man ihm dazu noch den Ubuki der Bazungu anbietet, den Portwein?

Die Häuptlinge gingen zur Messe, denn nur wer getauft war, konnte Häuptling werden. Die anderen taten es ihnen gleich: Alle empfingen wie sie die Taufe, alle folgten ihnen zur Messe, denn was blieb einem da schon anderes übrig? Mit dem Unterhäuptling gingen wir zur Gemeindeversammlung, zur Inama. Und die Häuptlinge gingen ihrerseits zu Exerzitien beim Monseigneur, im Bischofssitz in Kabgayi.

Doch die Häuptlinge fürchteten ihre weißen Herren, und die hatten verkündet:

»Wir haben Krieg, da braucht es Leute, die in den Minen schürfen. Wir benötigen Eisen und Kupfer für unsere Schmiede, die daraus Gewehre und Kanonen bauen. Ihr ahnt ja nicht einmal, was es bei euch alles gibt: Minétain, Somuki, Georuanda und all die anderen Unternehmen, die euer Reichtum sind – und der des Kongo, wo eure Männer arbeiten. An Ruanda ist es, sie alle zu versorgen, und es braucht jede Menge Bohnen für die Männer in den Minen. Mehr Männer, mehr Bohnen.«

Und die Häuptlinge hatten den Unterhäuptlingen erklärt:

»Ich brauche Männer, und ich brauche Bohnen, denn wenn ich keine Männer finde, keine Bohnen liefere, setzen sie mich ab.«

Und der Unterhäuptling wiederum erklärte uns:

»Männer, Männer, Bohnen, sonst verlier ich meinen Posten!«

So wurden die Häuptlinge böse, und die Unterhäuptlinge holten die Männer und die Bohnen ab und nahmen auch unsere Kinder mit.

Doch auch die Unterhäuptlinge blieben nicht verschont – ja, nicht einmal die Viehzüchter. Man beschlagnahmte ihre Rinder oder kaufte sie zu einem lächerlichen Preis. Also versteckten sie ihr Vieh, schickten ihre Herden nach Bugesera, Kivu oder Tanganjika. Und wenn der Verwalter fragte:

»Wo sind deine Rinder?«,

klagten sie und warfen sich die Hände an den Kopf:

»Ach, haben Sie gar nichts davon gehört? Was für ein Unglück! Die Tsetsefliege und die Seuche haben meine Herde dahingerafft. Und ich weine jeden Tag um Isine, Rugaju und all meine Lieblinge.«

Die letzten Rinder wurden geschlachtet: »Im Kongo essen sie ausschließlich Fleisch, und zwar roh«, erklärte man ihnen.

. . .

Man weiß ja, ein Unglück kommt selten allein. Und kaum waren die Kornspeicher leer, kam Ruzagayura.

Ja, genau da brach Ruzagayura, die große Hungersnot, über die armen Ruander herein, über die matten Männer, die abgezehrten Frauen und die kränklichen Kinder. Die große Trockenzeit wollte in diesem Jahr anscheinend kein Ende nehmen. Wir warteten auf den Regen, von dem es heißt, er sei der von Kibogo, auf jenen Regen, den man auch Bweramvura nennt. Voller Ungeduld erwarteten wir ihn, damit wir unsere Bohnen pflanzen konnten, die Erbsen und die Sorghumhirse. Doch als er kam, kam er nur, um die Bauern hinters Licht zu führen, denn kaum sprossen die Bohnen und Erbsen, ließ Bweramvura den Hügel im Stich, ließ ganz Ruanda im Stich, und die sengendste Sonne verbrannte erneut die Felder. Wir warteten auf den großen Regen, Zina genannt, und er kam wie im Zorn, schüttete Hagel und Blitze über uns aus und verzog sich dann wieder, zufrieden mit der angerichteten Verwüstung. Der Regen Nyamvura war zu schwach und brachte keine Rettung. Der Wind begrub das ausgedörrte Land unter einer Schicht aus roter Asche.

Krankheiten befielen die Kartoffeln und den Maniok, die die Bazungu hatten pflanzen lassen. »Mit diesen Knollen besiegen wir die Hungersnöte«, hatten sie erklärt. »Wir werden euer Land Ruanda retten. Pflanzt Maniok, setzt Kartoffeln, die erlösen euch vom Hunger.« Doch dann kamen die Krankheiten: Die Kartoffeln wurden von Fäulnis und nimmersatten Pilzen zerfressen, von gierigen Fliegen bestürmt, und der Maniok entpuppte sich als pures Gift. Die Speicher blieben leer. Zu essen gab es nur Bananenwurzeln, Farn und wilde Kräuter. Wir kochten Brei aus trockenen Bananenblättern. Einige verschlangen die Früchte von Dornbüschen.

Als Erste krepierten die Säuglinge, denn die Mütter hatten keine Milch mehr. Kinder mit großen, leeren Augen aßen Erde, die Alten zogen sich zum Sterben zurück, ausgemergelte Kolonnen irrten umher und suchten vergeblich nach Nahrung. Irgendwer hatte behauptet, bei diesem oder jenem Hügel gebe es noch etwas zu essen. Die Gerippehorde setzte sich in Marsch, und die Geier folgten ihr nach. Bald war der Pfad gesäumt von Leichen. Am Ziel angekommen, fanden die Überlebenden leere Speicher und verlassene Dörfer. Und die satt gefressenen Geier und Hyänen verschmähten die sich stapelnden Gebeine.

So gaben Männer, Frauen, Kinder ihren Hügel auf. Ganze Familien flohen in den Kongo. Und das Land wurde karg und trostlos, verlassen von den Menschen wie von den Imana, die Milch und Honig strömen lassen.

· · ·

Die Hoffnung kehrte erst wieder, als Häuptling Kamanzi den Hügel besuchte. Sein Automobil – so groß wie ein kleiner Lastwagen – scheuchte die Kinder auf, und die kleinen Mädchen, die vom Wasserholen kamen, ließen ihre Krüge fallen, sodass sie in Stücke sprangen. Das brachte den Swahili-Fahrer zum Lachen. Wir riefen: »Unser Häuptling ist da, er hat uns nicht vergessen. Er wird uns Nahrung besorgen.« Häuptling Kamanzi kam mit seinem Sekretär, der ihm auf Schritt und Tritt mit seiner aktenprallen Tasche folgte, und mit dem Unterhäuptling, der Hemd und Hose trug, als wollte er zur Messe. Wir dachten: »Das Auto ist sicher randvoll mit Bohnensäcken. Wir sind gerettet!« Doch der Fahrer lud nur drei Kisten Primus-Bier und zwei Kanister aus. Der Häuptling ließ ein paar große Krüge herbeitragen, um den Inhalt der Kanister umzufüllen, und wir erkannten, dass es Sorghumbier war.

Häuptling Kamanzi rief die Würdenträger zu sich: den Katecheten, die Weisen, die Ältesten. Sie alle hockten nun rings um die Krüge unter dem Strohdach der Schankhütte. Kamanzi wünschte der Versammlung Frieden, und der Sekretär reichte ihm einen Zettel, denn unser Häuptling kann lesen und sogar ein bisschen schreiben. Leicht gereizt gab er dem Sekretär das Blatt zurück und wandte sich darauf an alle.

»Ich bin nicht hier, um euch was vorzulügen«, sagte er, »da könnte ich ja gleich unseren König Mutara vergiften! Ihr wisst ja alle – vor allem ihr, die Ältesten –, wie viele Hungersnöte unser Ruanda schon durchlitten hat. Aber hört gut zu, was ich euch sage: Diese Hungersnot Ruzagayura ist nicht so wie die anderen zuvor. Sie zieht kreuz und quer durchs Land, hat das Gebiet keines Häuptlings oder Unterhäuptlings, hat keinen Hügel ausgelassen. Man könnte meinen, sie besitze eine Landkarte, wie sie die Weißen haben. Sie weiß genau, wohin sie muss, um keinen zu verschonen. Also hört gut zu, denn ich will euch ein großes Geheimnis verraten. Bwana Ryckmans hat es mir anvertraut, ihr wisst schon, der Oberhäuptling in Usumbura, der ganz Ruanda-Urundi beherrscht und vor allem – vergesst das nicht! – der Taufpate unseres Mwami Mutara Rudahigwa ist. Folgendes hat er mir gesagt: Diese Hungersnot Ruzagayura, die schickt uns der Hitler, der Häuptling der Deutschen, der die Belgier, die Engländer, ja die ganze Welt überfallen hat. Auch uns Ruander hat er angegriffen, und um uns in die Knie zu zwingen, ist ihm nichts Besseres eingefallen, als den Horizont zu sabotieren, von dem der Regen kommt. Er dachte sich, die hungrigen Ruander könnten ihre Felder dann nicht mehr bestellen und es gäbe keine Männer mehr fürs Lastentragen und die Minen im Kongo. Und die Soldaten an der Front hätten nichts mehr zu essen und keinen Schutz vor den Mücken, die sie mit der Malaria anstecken, und kein Eisen und Kupfer, um Kanonen und Gewehre zu schmieden. Hitler hat gedacht, die Schlacht sei leicht gewonnen, doch da hat er sich getäuscht, denn Bwana Ryckmans hat im Kongo viele Lastwagen besorgt, mehr, als man zählen kann, und er hat ein Heer von Fahrern rekrutiert. Die kommen, um uns zu retten. Voll beladen mit Mehlsäcken, Reis und Bohnen. Mit Maniok, von dem man nicht stirbt. Die Laster kommen bald an, haltet eure Körbe bereit. Bwana Ryckmans wird Ruanda retten.«

Die Leute vom Hügel applaudierten, wie es einem Häuptling gebührt. Die großen Krüge Sorghumbier und die drei Kästen Primus wurden geleert, wie es die Höflichkeit gebietet. Dann holten alle ihre Körbe und erwarteten am Straßenrand die Laster. Doch die Laster kamen nicht. Womöglich war der Hügel zwar auf Ruzagayuras Karte verzeichnet, aber nicht auf der von Bwana Rikamansi. Oder, so unkten einige hinter vorgehaltener Hand, Hitler hatte vielleicht doch gewonnen.

...

Dann kamen die Pater. In der großen Missionskirche und ihren Niederlassungen predigten sie Folgendes:

»Die Sonne, der Regen, die Bohnen, die Bananen, die Kürbisse, das Sorghum, die Eleusine und sogar die Rinder, all das hat unser Yézu gemacht. Habe ich euch das nicht im Religionsunterricht gelehrt? Das gehört alles ihm. Er tut damit, was ihm gefällt. Er gibt den Regen, wann und wem er will: Er ist der liebe Gott. Und wenn er keinen Regen schenkt, dann weil er zürnt. Gut möglich, dass er einen Grund hat, euch zu zürnen. Und vielleicht kann ich euch den sogar verraten. Ich weiß ja, ihr posaunt herum, ihr wärt getauft und brave Christen – keine Heiden mehr, die den wahren Gott nicht kennen. Doch was sehe ich da unter euren Medaillen von Yézu und Maria, was versteckt ihr da vor mir? Talismane, angefertigt von euren Zauberern mit ihrem albernen Plunder, aus Leopardenpfoten, Warzenschweinzähnen, Schlangenhaut, Hasenknochen, seltsamen Wurzeln und Federn dieser weissagenden Hühner, die ihr nicht mal essen würdet, wenn ihr fast verhungert! Und ihr heftet euch noch mehr so abscheuliche Dinge an, dass ich sie nicht mal auszusprechen wage. Auch weiß ich, dass ihr heimlich zu Hexern geht, weil ihr euren Nachbarn Böses wollt, und – schlimmer noch! – zum Giftmischer, um euch unliebsame Rivalen vom Hals zu schaffen. Und glaubt ihr, ich kriege nicht mit, was ihr da oben auf dem Hügel treibt, wo immer noch dieses Dämonenwäldchen steht, das ihr euch nie zu roden getraut habt? Den Teufel betet ihr an unter diesen verfluchten Bäumen, lasst euch von wer weiß welchen Geistern in Besitz nehmen, von einer ganzen Dämonenbande, und wenn die in euch gefahren sind, wenn sie eure armen, ihnen von der Taufe entrissenen Seelen wieder beanspruchen, werdet ihr zu Wahnsinnigen, deren Münder vor grauenhaften Gotteslästerungen schäumen, derer ihr euch schämen würdet, wenn ihr sie bei Tageslicht zu hören bekämt.

Deshalb hält Yézu die Wolken zurück, deshalb verweigert er euch den Regen. Und eure Regenmacher, eure Abavubyi, kommen mit ihrem Hokuspokus dagegen nicht an. Da können sie mit ihren Fetischen fuchteln, soviel sie wollen, und mit ihren Zauberstäben, die angeblich den Regen beherrschen – Yézu hat ihnen die Macht genommen, falls sie denn je welche hatten. Nur Yézu und Maria können euch den Regen wiederbringen. Sie befehligen die Wolken. Und wir, die guten Pater, kennen alle Gebete, die es braucht, damit es wieder regnet. Bloß werden wir sie nicht vor euch verheimlichen, wie die Hexer es mit ihren Flüchen tun. Im Religionsunterricht könnt ihr sie lernen, und wir werden sie gemeinsam aufsagen und singen, an jedem Tag, den Gott werden lässt. Und die Mädchen werden Blumen für die Statue von Maria sammeln. Maria liebt nämlich Blumen, und sie hat ein gutes Herz, sie liebt alle Menschen, sogar so undankbare schwarze wie euch. Am Sonntag werdet ihr Maria auf die Trage setzen – und zwar auf die Ingobyi, nicht auf die für Kranke und Tote, sondern auf die für die Braut, auf der ihr auch eure Häuptlinge und euren König trugt, bevor die Belgier ihnen Autos gebracht haben. Und ihr müsst junge Leute finden, die noch genügend Kraft haben, um sie zu schultern. Über den ganzen Hügel werden wir sie tragen, über alle Felder und Bananenplantagen. Ihr singt die Lobgesänge, die ihr vorher noch lernen werdet, um den Regen herbeizurufen, und ich gehe voran und segne die Gehöfte, Felder und Bananenstauden mit Weihwasser. Bis hinauf zum Gipfel werden wir gehen, genau, zum Gipfel des Runani, den zu betreten euer Aberglaube euch verbietet, aber Maria wird ihre schützende Hand über uns halten und die bösen Geister vertreiben, und wir zeigen ihr die durstigen Hügel und Felder, die vertrockneten Stauden, und ich werde den Himmel segnen, vier Mal, und wenn ihr betet und aus vollem Herzen singt, wenn ihr aufrichtig allen heidnischen Umtrieben Satans abschwört – die ihr mir natürlich vorher beichten müsst –, dann kehrt der Regen wieder.«

An diesem Sermon hatte niemand etwas auszusetzen. Die mal mehr, mal weniger heftigen Tiraden des Paters waren längst allen vertraut. Das waren eben die ungeschliffenen Manieren der Padri, und obendrein war uns klar, dass alle, die zu Heilern gingen, das auch weiterhin tun würden und dass die Kubandwa-Jünger auch weiterhin mitten in der Nacht aufstehen würden, um ihre Rituale abzuhalten. Dennoch befolgten wir wortgetreu die frommen Weisungen des Missionars, die sich ja durchaus als geeignet entpuppen mochten, es regnen zu lassen. Die Padri besaßen so viele erstaunliche Dinge! Womöglich kamen die wirklich alle von ihrem Yézu und ihrer Maria. Man weiß ja nie!

Bei der Gemeindeversammlung teilte der Katechet die Gebetsgruppen ein, die sich Tag und Nacht vor der Marienstatue ablösen sollten, und betraute zwölf junge, noch halbwegs bei Kräften wirkende Mädchen mit der ehrenvollen Aufgabe, Blumen für die Madonna zu sammeln – die letzten, die Ruzagayura nicht hatte verdorren lassen. Die Frauen, die bei der Prozession singen sollten, übten eifrig die passenden Loblieder ein. Und der Katechet erstattete in der Mission dem Pater Bericht, der zufrieden verkündete, er wolle am kommenden Sonntag persönlich die Prozession anführen.

Unterdessen beäugten wir prüfend den Himmel. Zwei robust aussehende Jungen wurden ausgeschickt, einen hohen Hügel in der Nähe zu erklimmen und nach aufziehenden Wolken Ausschau zu halten. Vergeblich erwarteten sie den Blitz und das Donnergrollen des ersten Wirbelsturms, der dem Regen einen Weg am Himmel bahnen würde. Zerknirscht vermeldeten sie bei ihrer Rückkehr, es liege noch immer derselbe rötliche Dunst über dem Land.

Da begannen einige zu tuscheln, und besonders die Älteren raunten: »Daran sind allein die Padri schuld. Was haben die hier verloren? Wer hat sie eingeladen? Früher hatten wir einen König, einen Mwami, und der befehligte den Regen, und wenn er es nicht selber tat, dann hatte er dafür seine Abavubyi, seine Regenmacher, und wenn der Regen sich sträubte, sagten die Weisen zu ihm: ›Gib die Trommel ab und trinke Honigwein.‹ Der Mwami akzeptierte seinen Tod, gab die Trommel einem jungen, starken Sohn, und alles wurde normal: Der Regen fiel, wie er sollte, die Speicher quollen über vor Sorghum, Bohnen, Erbsen, Eleusine und Taro, die Frauen setzten schöne, starke Kinder – Krieger! – in die Welt, und auf den Weiden drängten sich die Kälber. Und wenn ein Regenmacher die Wolken vergiftete, sagte man ihm: ›He, Umuvubyi, wer hat dich geärgert? Überlass uns deine Vergeltung, wir kümmern uns darum, räche dich nicht an Ruanda.‹

Und wenn der Regenmacher stur blieb, setzte es Prügel, bis er die Wolken freigab. Aber heute, was macht da der König? Bei den Padri sitzt er! Die Missionare haben ihn eingesperrt, um ihm von Yézu und Maria zu erzählen. Sie taufen ihn, sie haben ihm den Monseigneur aus Kabgayi und den Häuptling der Belgier aus Usumbura, Bwana Rikamansi, als Paten gegeben. Der Mwami hat sein Ruanda vergessen. Und die Abavubyi, wo sind die? Die Belgier haben sie ins Gefängnis geworfen. Unsere Imana haben Ruanda verlassen. Was soll man da tun?«

Sie waren zu fünft. Fünf betagte Männer, die Ältesten des Hügels, teilten sich zu Hause bei Karekezi den letzten Krug Sorghumbier. Und nachdem er den gemeinsamen Trinkhalm in den Rest des kostbaren Nasses getaucht hatte, ergriff der Gastgeber das Wort:

»Sollen wir denn ewig so weiterjammern? Sollen wir uns bis ans Ende aller Tage fragen, wer uns vor Ruzagayura rettet? Erinnert ihr euch an Bajara? Unseren ehemaligen Unterhäuptling? Vielleicht weiß der eine Lösung. Seit die Belgier ihn entlassen haben, setzt er keinen Fuß mehr vor die Tür – wenn er rauskäme, meint er, wäre er nur noch ein Fremder im eigenen Land. Also verkriecht er sich auf seinem Gehöft, mit den paar Kühen, die man ihm ließ, und mit seinen fünf Frauen. Angeblich hat er inzwischen mehr Frauen als Kühe. Erniedrigt hat man ihn. Er will niemanden mehr sehen, sagt, in Ruanda gebe es keine Ruander mehr, alle seien besessen von den Geistern der Bazungu. Aber wenn wir ihn besuchten, würden wir ihm sagen: ›Bajara, du irrst dich: Wir, die Alten, wir sind da, wir sind Ruander geblieben, und wir brauchen dich. Du warst Häuptling dieses Hügels, auf dem wir alle bald zugrunde gehen. Du warst ein Häuptling nach unserem Brauch, du kannst sicher etwas für uns tun. Behalte nicht für dich, was du gelernt hast. Deine Jugend hast du am Hof verbracht, beim König, der Königinmutter, den Hütern jener Geheimnisse, die wie Ruandas Wurzeln sind. Die Padri behaupten, sie retten Ruanda: Ist das wahr? Können ihr Yézu und ihre Maria den Regen tatsächlich zurückbringen? Kann der Regen ihnen gehorchen? Wer weiß. Aber du, Bajara, von dir wissen wir, dass du, vor allem du, uns helfen kannst. Die Leute sterben: Wir müssen sie retten, bevor es zu spät ist.‹ Genau das würde ich Bajara sagen.«

Die Weisen pflichteten Karekezi bei und beschlossen, im Namen des ganzen Hügels zu Bajara zu gehen. Doch der alte Eremit wollte sie nicht sehen: »Lasst mich sterben«, ließ er einen Diener ausrichten, »ich will mit Ruanda enden.« Also baten sie eine seiner von der Neugier an die Tür gelockten Frauen, bei ihm ein gutes Wort einzulegen. »Was wollt ihr denn von ihm?«, fragte die Frau. »Ihr wisst doch, dass er euch nichts mehr zu geben hat. Wir nagen selber am Hungertuch. Lasst uns in Frieden sterben, und setzt mir ja keinen Fuß auf dieses Grundstück, falls euch die Bazungu schicken! Fügt dem Schaden nicht noch Spott hinzu.« Karekezi gab zur Antwort: »Ich kenne dich, du bist Mujawabo, seine Lieblingsfrau. Wir wollen ihm nichts Böses. Die Bazungu haben uns nicht hergeschickt. Aber Bajara kennt viele Geheimnisse. Er kann uns helfen, den Hügel zu retten. Er war unser Häuptling. Das ist er uns schuldig. Geh und richte ihm das aus. Du bist seine Frau: Auf dich wird er hören.«

Lange warteten sie, ohne zu wagen, das Grundstück zu betreten. Dann endlich kam Mujawabo wieder. »Bajara will euch wirklich nicht sehen«, sagte sie. »Er meint, nur der Tod käme jetzt noch zu ihm herein. Eigentlich ist er schon da, sitzt neben seiner Matte. Das waren seine Worte: Nur mit dem Tod will er jetzt noch sprechen. Für euch kann er nichts mehr tun. Was habt ihr denn auch für ihn getan, als die Belgier ihn gedemütigt haben? Trotzdem hat er einen letzten Rat: Es gibt da noch eine auf dem Hügel, die euch vielleicht retten kann. Ihr erinnert euch nicht mehr an sie. Habt sie ins bodenlose Loch des Vergessens gestürzt. So vieles habt ihr auf Befehl der Padri vergessen. Ihr habt das Gedächtnis verloren, die Geister der Ahnen haben euch verlassen. Und doch gibt es auf eurem Hügel eine Frau, die womöglich zu den Wolken sprechen und den Regen überreden kann, Mitleid mit euch zu haben. Sie war die Frau von dem, der sich geopfert hat, damit der Regen wiederkommt, von dem, den die Wolken bei sich aufgenommen haben. Genau das waren Bajaras Worte, ich gebe sie euch ganz genau so weiter, wie er's mir aufgetragen hat: ›Vergesst‹, hat er gesagt, ›einen Moment eure Maria und hört, was diese Frau euch sagt – gehorcht ihr, dann kehrt der Regen wieder.‹«

Die selbst ernannten Abgesandten waren enttäuscht – sowohl vom Empfang, den der alte Unterhäuptling ihnen bereitet hatte, als auch von seinem Rat. Wie konnte dieser Bajara es wagen, sie, die Weisen des Hügels, zu einer Frau zu schicken? Und auch noch zu so einer. Zu einer, die der ganze Hügel spöttisch »Madame Kibogo« rief, weil sie alle Ehemänner abgewiesen hatte, die man ihr angeboten hatte. Und die Geschichte von Kibogo war doch ein Kindermärchen! Nicht mal die letzten, verbohrtesten Heiden glaubten noch daran. Oder besser gesagt: Sie kannten sie gar nicht mehr. Sie war eine jener heidnischen Geschichten, die die Padri uns zu vergessen befohlen hatten. Dennoch schrieben manche Pater diese Geschichten in ihren Heften auf. Sie ließen sie sich von auskunftsfreudigen Alten erzählen, und diese Alten brachten die Geschichten immer wieder durcheinander.

»Eure Ammenmärchen«, sagten die Pater, »heben wir für eure Kinder auf, und vor allem für eure Kindeskinder, die kultiviert, zivilisiert und gebildet sein werden. Wir werden ihnen erklären, was diese Geschichten wirklich zu bedeuten hatten und dass ihr das noch nicht verstehen konntet, weil sie bloß unser Kommen ankündigten, um euch den wahren Gott zu offenbaren. Eure Enkel werden in der Lage sein, sie zu lesen, ohne ihnen Glauben zu schenken. Ihr selbst seid ja eben erst den Ketten Satans entronnen, ihr glaubt noch blind an das Gefasel der Hexer. Zuerst müsst ihr all das vergessen und nur die Geschichte des wahren Gottes zu hören bekommen. Einzig diese soll es für euch noch geben!«

»Aber ich«, brummte Karekezi, »ich habe die Geschichte von Kibogo nicht vergessen, und auch euch fällt sie bestimmt wieder ein, wenn ihr nur die Pforte zu eurem Gedächtnis aufschließt. Denn unser Gedächtnis reicht tief! Erinnert euch: Dieser Kibogo war der Sohn von einem König, nur der Name dieses Königs will mir nicht einfallen ...«

»Ndahiro, so hieß der«, hauchte Gatoke. »Ein König von vor langer, langer Zeit.«

»Genau!«, fuhr Karekezi fort. »Kibogo, der Sohn von Ndahiro. Und König Ndahiro war sehr krank.«

»Sein Auge«, warf Gasore ein. »Das hing aus seiner Höhle.«

»Stimmt! Sein Auge, das war das Unglück, das über Ruanda hereinbrach. Und das Land litt unter großer Dürre, so

wie heute. Die Regenmacher von Ruanda waren machtlos …
Der Regen lachte über sie: Er wollte ihnen einfach nicht gehorchen. Also gingen sie zu einem großen Seher, weit weg von hier, in Gisaka …«

»Unsinn, Quatsch, du weißt ja gar nichts mehr«, widersprach Twari. »Viel weiter weg war das, in Buha. Buha ist das Land der Seher, in dem die Kürbisse sprechen können.«

»Gut, meinetwegen auch in Buha … Die Weisen von Ruanda gingen also zu dem großen Seher …«

»Mpande hieß der«, sagte Gasana. »Jetzt fällt mir der Name wieder ein: Mpande.«

»Ja, richtig, der Mächtigste aller Seher. Und der war es dann auch, der dekretierte, damit der Regen wiederkäme, müsse einer der Söhne des Königs geopfert werden, und die Wahl fiel auf Kibogo.«

»Nein, du täuschst dich, das war anders«, fiel Gasana ihm ins Wort. »Kibogo hat sich freiwillig gemeldet. Er hat gesagt: ›Ich bin der Erlöser, ich bin ein Umutabazi, ich muss Ruanda retten.‹«

»Na gut«, brummte Karekezi, von so viel Dreistigkeit sichtlich verärgert. »Am Tag des Opfers stieg Kibogo jedenfalls auf einen Berg, und diesen Berg, den kenne ich sogar, der liegt bei Gaseke, und die Leute dort, die nennen ihn Akakibogo, Den-von-Kibogo.«

»Wo hast du das denn her?«, ereiferte Gasana sich. »Von den Leuten aus Gaseke ganz bestimmt nicht. Was erzählst du da für einen Mist? Wie kommst du darauf, Kibogos Berg läge bei denen? Du hast wohl Angst, zu sagen, dass er hier bei uns liegt? Unser Berg ist das, der Runani, der uns mit seinem großen Horn beherrscht. Und du weißt auch, wieso der Berg so heißt und warum uns verboten ist, seinen Gipfel zu besteigen – den Padri werden wir das sicher nicht verraten. Ein Mann ist dort vom Blitz erschlagen worden, und da, wo er vom Blitz erschlagen wurde, darf jetzt keiner mehr hin, der Ort ist tabu, und der Mann, der sich vom Blitz erschlagen ließ, das muss ich dir nicht sagen, denn du weißt es wie alle hier, das war Kibogo.«

»Ja, du hast recht, unser Berg war das, auf dessen Horn Kibogo stieg. Seinen Speer hatte er mit, seinen Bogen, seine Pfeile. Begleitet wurde er von seiner Frau und seinen Söhnen ...«

»Und von seinem Gefolge«, ergänzte Gasore. »Kibogo war schließlich ein Prinz, und ein Prinz reist nie ohne Gefolge und nie ohne seine Rinder ...«

»Ja, ja«, fuhr Karekezi immer ärgerlicher fort. »Kibogo und sein Gefolge erreichten also den Gipfel, und alle setzten sich nieder ins Gras, aber Kibogo stieg auf den höchsten Fels über dem Abgrund, um sich von dort hinabzustürzen. Da wurde der Himmel finster, die Wolken schwebten hinab zur Erde, und eine kleine Wolke löste sich heraus und trug Kibogo, seine Frau, die Söhne, das Gefolge und die Kühe mit sich fort. So ist Kibogo in den Himmel aufgestiegen.«

»Unfug«, blaffte Gasana, »ich hab es doch schon gesagt, und ihr wisst es ja selber: Der Blitz hat Kibogo getroffen, oben auf dem Fels, der aussieht wie ein Kuhhorn. Deshalb heißt der Berg Runani.«

»Na gut, von mir aus ...«, schloss der jetzt sichtlich erboste Karekezi. »Die Wolke und der Blitz haben Kibogo geholt, und so ist er in den Himmel aufgestiegen. Der Regen kam zurück und fiel auf ganz Ruanda, und das Land fand seinen Reichtum wieder, und das Auge des Königs trat zurück in seine Höhle. Kibogo hat Ruanda gerettet.«

»Aber Karekezi«, wandte Gatoke ein, »du hast was Wichtiges vergessen, das auch Gasana nicht gesagt hat. Er hat nicht erwähnt, was Kibogo verlangte, ehe er sich geopfert hat und in den Himmel aufgestiegen ist, und ich, Gatoke, will dir verraten, was: Kibogo hat verlangt, dass man ihm eine Hütte am Hof des Königs weiht. Ein junges Mädchen aus meinem Clan sollte sie hüten, und die Letzte, die auserwählt wurde, das wisst ihr genau, stammte von unserem Hügel: Mukamwezi war das, die wegen Kibogo nicht heiraten wollte, die von den Padri vertrieben wurde, als sie Musinga abgesetzt haben, und die sie verdammten, als sie zurück auf den Hügel kam. Sie ist die Gattin von Kibogos Geist. Vielleicht hat er ihr seine Geheimnisse verraten. Bajaras Rat war gut: Sie müssen wir wegen des Regens fragen.«

· · ·

Und wirklich war Mukamwezi die letzte Heidin des Hügels. Jung hatte sie ihre Familie verlassen, um am Hof von König Yuhi Musinga die Rolle der Priesterin eines mysteriösen, heute nahezu vergessenen Kults zu übernehmen. Doch als die Belgier Musinga absetzten, jagten sie auch Mukamwezi vom Hof, genau wie der Monseigneur namens Classe es ihnen nachdrücklich geraten hatte. Der neue König überließ den Missionaren den Hügel, auf dem die Palasthütten seines Vaters standen, und die bauten darauf eine große, dem Christkönig geweihte Kirche. Für »heidnische Götzen«, wie die Padri sie nannten, war kein Platz mehr in dem schönen Steingebäude unweit der Kirche, wo nun der aufgeklärte König thronte. Das heilige Feuer, von dem es hieß, es habe schon seit der Zeit des Gründerkönigs Gihanga gebrannt, war gelöscht worden. Die heiligen Trommeln, Speere und Schmiedehämmer hatte man achtlos in einen jämmerlichen Schuppen gestopft. Die Priester, die man Abiru nannte, die Hüter der Geheimnisse, wurden fortgejagt, und man sagte ihnen: »Scharlatane seid ihr, weiter nichts. Wenn ihr nicht aufhört, das Volk zu belügen, werfen wir euch aus Ruanda.«

Mukamwezi war noch jung und nicht ohne Reize, als sie zurück auf den Hügel kam. Sie hätte ohne größere Schwierigkeiten einen Gatten finden können, lehnte aber sämtliche Partien ab, die ihre Familie ihr vorschlug. Man konnte ihr noch so oft erklären, dass ihr Keuschheitsgelübde sie nicht mehr band, seit sie ihre rituelle Rolle nicht mehr ausfüllte, und dass die Mädchen, die vor ihr dieselbe Ehre wie sie gehabt und den Weg zum Clan zurückgefunden hatten, heute alle glücklich verheiratet waren: Mukamwezi war fest entschlossen, Jungfrau zu bleiben, und durch kein Argument davon abzubringen. So kam sie zu ihrem Beinamen Isugi, die Jungfrau. Und als der ganze Hügel gemeinsam mit dem neuen Unterhäuptling zum Christentum übertrat und die Taufe empfing, verweigerte nur sie sich dermaßen hartnäckig den Lehren des Katechismus, dass die Missionspater sie schließlich als Heidin und unverbesserliche Hexe brandmarkten.

Zu dieser Mukamwezi eilten nun die selbst ernannten Abgesandten des Hügels. Sie wohnte in einem Rundhaus aus Lehm mit einem Dach aus Stroh, wo die Männer sie auf einer Matte im Schatten einer Feige vorfanden, damit beschäftigt, mit dem frischen Harz des Baums einen Milchtopf zu flicken. Vorsichtig traten die Besucher auf sie zu.

Mukamwezi tat, als sähe sie sie nicht, woraufhin sie im Chor hüstelten.

»Ewe, Mukamwezi, ewe«, machte Gasana sich tapfer bemerkbar.

Die Frau wandte sich um.

»Mukamwezi«, sagte Karekezi, »bitte höre uns an, der ganze Hügel schickt uns zu dir. Wir glauben, du kannst uns helfen.«

Mukamwezi musterte sie lange. Kurz ließ sie den Blick auf jedem einzelnen der fünf Männer ruhen, die noch immer in respektvollem Abstand zu ihr blieben, und sagte:

»Soso, du bist das also, Karekezi, und du, Gasana, und du, Gasore, und du, Gatoke, und du, Twari: Da habe ich also die Ehre, dass all die hohen Herren und Weisen des Hügels mich besuchen. Was wollen eure weißen Haare von mir? Dass ihr hier mit krummen Rücken vor mir steht, verheißt nichts Gutes. Seid ihr auch sicher, dass euch nicht die Padri schicken? Seid ihr vor denen überhaupt noch Männer? Was wollen die von mir, diese Hyänen? Mich vom Hügel jagen? Eure Lügen will ich lieber gar nicht hören!«

»Mukamwezi«, fuhr Karekezi fort, »wir wollen dir nichts Böses. Nicht die Padri schicken uns, im Gegenteil. Du weißt doch von der Hungersnot, die unseren Hügel plagt, so wie das ganze Land. Hier auf dem Hügel sterben Kinder und Greise wie wir, die Mütter haben keine Milch mehr, die Männer keine Kraft, die jungen Leute haben jeden Lebensmut verloren. Die Rinder brüllen vor trockenen Tränken. Wir kauen die allerletzten Wurzeln. Verrecken werden wir. Aber du, du könntest … also es heißt … du kannst vielleicht was für uns tun … man sagt, du hättest am Hof, bei Kibogo, womöglich das eine oder andere gelernt … die Geheimnisse des Regens ... die man kannte, als Ruanda noch Ruanda war ...«

»Und euer Yézu und eure Maria, was tun die für euch?«

»Woher sollen wir das wissen? Schon möglich, dass die uns noch retten ... oder sie haben längst unser Ende beschlossen. Man weiß es nicht. Das sind die Imana der Bazungu, was soll man da sagen? Aber vielleicht könntest du ...«

Mukamwezi schwieg ein Weilchen, dann fragte sie brüsk:

»Und ihr, die Ältesten, die Weisen, was wollt ihr von mir?«

»Mukamwezi«, sagte Karekezi zögerlich, »bitte, wenn du kannst, bring uns den Regen wieder. Wir glauben, dass die Wolken deinen Ruf erhören. Du bist Mukakibogo.«

»Ihr glaubt, der Regen gehorcht mir?«

»Der Hügel, unser ganzes Ruanda muss gerettet werden, wenn du kannst ...«

»Kommt in zwei Tagen wieder, dann gebe ich euch Antwort ... Vielleicht ...«

Am vereinbarten Tag gingen die fünf Greise erneut zu Mukamwezi. Die saß auf der Schwelle ihres Häuschens, winkte sie heran und hielt sich dann die Hände vors Gesicht. Sie atmete schwer. Die Männer meinten, sie Worte murmeln zu hören, die sie allerdings nicht verstanden. Als sie die Hände vom Gesicht nahm, wichen alle fünf zurück vorm Leuchten ihrer Augen.

»Hört zu«, sagte Mukamwezi mit einer Stimme, die von ganz tief drinnen zu kommen schien. »Kibogo hat zu mir gesprochen: Aus dem Himmel, in den er aufgestiegen ist, will er mir offenbaren, was ich tun muss, um den Regen zu überreden, zurück auf euren Hügel und ins ganze Land zu kommen. Übermorgen soll das sein, und ihr müsst mit mir auf den Berggipfel steigen, um den Regen zu rufen. Dort oben wird Kibogo mich erwarten.«

»Aber«, wandte Twari ein, »der Berg ist Runani, wo der Blitz eingeschlagen ist. Wer würde es wagen, den Ort zu betreten, den das Himmelsfeuer sich ausgesucht hat? Außerdem ist übermorgen Sonntag.«

»Und ich, Mukamwezi, sage euch: Vom Runani aus müsst ihr den Regen rufen, ihr Ältesten wisst doch genau, wieso! Und meint ihr denn, ich wüsste nicht, was ihr am Sonntag vorhabt? Da will der Padri seine Statue auf dem Hügel spazieren tragen, und alle sollen ihm hinterherlaufen und noch ihr letztes bisschen Kraft vergeuden. Aber ich, ich sage euch: Kommt mit mir – nur ihr fünf, andere will ich nicht –, dann werden wir ja sehen, auf wen der Regen hört, auf Kibogo oder auf Maria, aber ihr müsst alle fünf kommen, wehe, wenn bei Sonnenaufgang einer fehlt, und dann steigen wir auf den Gipfel, und Kibogo wird mir befehlen, die Wolken, den Blitz und den Regen herbeizurufen, und wir rufen die Wolken und den Blitz, und der Regen wird wieder auf den Hügel fallen und auf unser ganzes Ruanda.«

»Wir kommen, Mukamwezi, alle fünf, wir sind noch Männer. Wir nehmen unsere letzte Kraft zusammen und steigen mit dir auf den Berg.«

»Denkt daran, den Zweig einer jungen Feige mitzubringen – und Honigwein, in einem dieser Töpfe, die man Igicuba nennt. All das braucht es für den Regen.«

»Aber es gibt keinen Honig mehr«, erklärte Gatoke, »und auch keinen Honigwein.«

»Geht zu Bushishi, der wusste immer Lieder, um die Bienen zu bezirzen. Wenn er die nicht vergessen hat, müsste es bei ihm noch eine Wabe Honig geben. Für mich wird er sie rausrücken. Eine eurer jungfräulichen Töchter soll mir den Honig bringen. Ich mache daraus Honigwein wie für einen Mwami. Den brauchen wir, um den Regen anzulocken.«

Die Ältesten versprachen, alles zu besorgen, was Kibogos Gattin verlangte. Nachdem sie geschworen hatten, keinem etwas von ihrem Vorhaben zu verraten, stahlen sie sich klammheimlich zurück auf ihre Gehöfte.

. . .

Das ohrenbetäubende Brüllen seines Motorrads – in der Trockenzeit ergänzt durch eine rote Staubwolke – kündigte stets die Ankunft des Missionars auf dem Hügel an. Den Kindern blieb dann gerade noch Zeit, ihm entgegenzueilen, um mit der Maschine um die Wette zu laufen, wenn die sich den steilen Hang zur Niederlassung hinaufquälte. »Ipikipiki!«, johlten die Kinder, »Padri Ipikipiki!«, bis der soutanetragende Motorradfahrer auf dem Vorplatz des kleinen Gebäudes anhielt, des einzigen Backsteinbaus auf dem Hügel. Heute aber waren sie viel zu geschwächt, zu krank, um mit dem Ipikipiki mitzuhalten, und als der Pater abstieg – sein Talar, sein Helm sowie sein langer Bart ganz rot vor Staub –, bekam er zur Antwort auf seinen Segen von der ausgehungerten Menge nur ein leises Stöhnen.

Dennoch gelang es dem Pater, der inzwischen in ein Messgewand mit aufgestickter goldener Monstranz geschlüpft war, so etwas Ähnliches wie eine Prozession hinter der Marienstatue auf ihrem Tragsessel anzuordnen und diese in Marsch zu setzen.

Der Pater übernahm die Führung. Er tauchte seinen

Weihwedel in die mit Weihwasser gefüllte Kalebasse, die ihm der Katechet hinhielt, und segnete entschlossen die vertrockneten Bananenplantagen und Felder. Die Statue schaukelte hin und her auf den ausgezehrten Schultern von vier jungen Männern. Der Gruppenleiter der Kinder Mariens stimmte die vorgeschriebenen Lobgesänge und Litaneien an, erhielt zur Antwort jedoch nur schmales Gemurmel. Auf dem Weg über die Pfade des Hügels blieben immer mehr Nachzügler zurück, die Prozession dehnte sich, faserte aus und schrumpfte nach und nach auf eine Handvoll Männer und matter Frauen, die auf Beinen, die knotigen Zweigen glichen, weiterhinkten, wankten, taumelten, mit gesenkten Köpfen, ihre Kinder auf dem Rücken, und sich gegenseitig stützten, bis sie unter den vom Durst zerschlissenen Blättern einer Bananenstaude zusammenbrachen, oder unter jenem schattenlosen Baum, dessen knallrote Blüten bloß die Töchter der Dürre sind. Am Fuß des Berges angekommen, blies der Padri den geplanten Aufstieg ab. Die wenigen Standhaften begleiteten ihn zurück zur Niederlassung. Ehe er auf sein Motorrad stieg, sprach er für sie einen letzten Segen:

»Ich weiß, was ihr durchmacht. In der Mission müssen wir allerdings schon so viele Flüchtlinge durchfüttern, dass wir für euch nur noch Gebete übrig haben. Aber baut fest auf die Rettung durch Yézu und vor allem Maria, sie hat ein gutes Herz. Ich bin sicher, dass sie eure Gebete hört: Sie wird sie erfüllen. Schon bald wird sie den Regen wiederbringen.«

Mit einem Donnergrollen sprang sein Motorrad an und verschwand in einer dichten Wolke aus rotem Staub.

...

Lange vor Morgengrauen und so unauffällig wie nur möglich verließen die fünf Weisen ihre Gehöfte und fanden sich am Fuß des Pfades ein, der sich über die untersten Berghänge wand. Karekezi hatte den Igicuba-Topf mit, Twari einen Feigenzweig. Verborgen hinter einem großen Fels warteten sie auf Mukamwezi, spähten einer nach dem anderen darüber, ob sie kam. Als nach einer Weile schon der Tag anbrach, sagte Gasore:

»Die kommt nicht mehr. Die Hexe hat uns reingelegt, die will uns auf den Arm nehmen, und bald wird das der ganze Hügel wissen. Auslachen wird man uns, dumme, alte Heiden werden sie uns nennen, und der Katechet wird alles dem Padri erzählen, und der wirft uns aus der Gemeindeversammlung, bis wir vor allen unsere Sünde gestehen und Abbitte leisten. Eine Schande wird das sein für unsere weißen Haare! Verschwinden wir lieber, ehe die Sonne uns verrät, gehen wir nach Hause, bevor jemand etwas merkt, und ziehen dabei unsere Stöcke hinter uns her wie Schatten.«

»Still«, zischte Gatoke, »da kommt sie, sie hat nicht gelogen.«

Mukamwezis Schemen wallte und wogte in den Schwaden des staubigen Dunstes wie eine Spiegelung auf einem Fluss. Hin und wieder schien ihr fahles Gesicht sich vom Körper zu lösen und ganz allein in den Dunstwirbeln zu schweben.

»Das ist nicht Mukamwezi«, wisperte Twari, »das ist ihr Umuzimu, ihr Gespenst, wir sind verloren ...«

Doch nach und nach nahm der Schemen festere Gestalt an, und bald erkannten darin alle einen Menschen aus Fleisch und Blut. Auch begriffen sie jetzt, dass die Leichenblässe auf

Stirn und Wangen von der Tonerde herrührte, mit der diese geschminkt waren.

»Da bin ich«, sagte Mukamwezi, »und wie ich sehe, hat die Angst vor den Padri euch nicht aufgehalten. Ihr seid noch echte Ruander! Habt ihr, was wir brauchen?«

Sie zeigten ihr den Feigenzweig sowie den Igicuba-Topf.

»Gut, ich habe auch alles dabei.«

Sie deutete auf einen kleinen Speer und eine halb mit Honigwein gefüllte Kalebasse.

»Das brauchen wir, den Igicuba-Topf und den Inkuba-Speer, den Blitzspeer. Mit dem stechen wir die Wolken auf.«

Unter Mukamwezis ermutigenden Zurufen und spöttischem Lachen erklommen die fünf Greise mühselig den Berghang. An schwierigen Stellen halfen sie sich gegenseitig, schoben sich an, klammerten sich aneinander. Ab und zu ließ sich einer atemlos und herzschwach an den Wegrand fallen.

»Lasst mich liegen«, sagte er zu seinen Kameraden, »mit mir geht es zu Ende. Wenn ihr zurückkommt, findet ihr hier meine Leiche, falls die Geier sie noch nicht geholt haben.«

Mukamwezi wies den Träger der Kalebasse an, ihr ein paar Tropfen Honigwein in die hohle Hand zu gießen. Damit benetzte sie die Lippen des Todgeweihten und flüsterte ihm dabei rätselhafte Worte ins Ohr. Das verlieh dem vermeintlich Sterbenden offenbar wieder Kraft und Mut zum Leben.

Dann setzten die Pilger den beschwerlichen Aufstieg fort. Vergeblich keuchten sie in Mukamwezis Rücken, deren Füße über den Kies eines trockenen Bachbetts flogen und vor der die Felsblöcke sich aufzuspalten schienen, um ihr Platz zu machen.

Ab und zu blieb Mukamwezi stehen, um auf die sich plagenden Alten zu warten und sie anzuspornen:

»Na los, ihr Schnecken, trödelt nicht! Denkt dran, dass Kibogo als Prinz in den Himmel aufgestiegen ist. Und er ist immer noch ein Prinz. Einen Prinzen lässt man nicht warten.«

Als sie den Kamm erreichten, ging mit dunstigem Lichthof die Sonne auf. Mukamwezi zeigte auf den Felsvorsprung, den man das Horn des Berges nannte und der über einer schwindelerregenden Steilwand das verschleierte Hügelland beherrschte. Zitternd wagten die Alten sich an den Rand dieses Balkons, der ihnen ziemlich wacklig vorkam.

Mukamwezi sprach ihnen Mut zu:

»Keine Angst! Von dort aus müssen wir den Regen rufen. Von dort ist Kibogo in den Himmel aufgestiegen, um den Regen zu holen, und dort wird er uns, wenn er es will, eine Wolkenherde schenken.«

Auf Mukamwezis Geheiß wurde der Honigwein aus der Kalebasse in den Igicuba-Topf gegossen, dann nahm sie den Umuvumu-Zweig, tauchte ihn in den Wein, sprenkelte etwas davon in alle vier Himmelsrichtungen und skandierte:

> *Ich rufe den Regen herbei nach Ruanda.*
> *Ich komme, um die Dürre zu bezwingen.*
> *Ich rufe den Regen Bweramvura.*
> *Ich rufe den Regen Ndoha.*
> *Ich rufe den Regen Nyabuhe.*
> *Ich rufe den Regen Zina.*
> *Ich rufe den Regen Nyamvura.*

Darauf reichte sie den laubigen Zweig den fünf Weisen, die je viermal etwas Wein in alle Himmelsrichtungen sprenkelten und dabei Mukamwezis Zauberworte nachsprachen.

Dann ergriff sie den Blitzspeer, hüpfte auf den schmalen Vorsprung und fing dicht am Abgrund an zu tanzen und zu singen:

> *Ich durchbohre die Wolken.*
> *Blitz, durchbohre die Wolken.*
> *Blitz, führe die Wolkenherde.*
> *Blitz, lass Regen auf Ruanda rieseln.*
> *Überfluss! Überfluss! Überfluss!*

Jetzt aber war es nicht mehr Mukamwezi, die da auf dem Vorsprung hüpfte. Keine Frau tanzte dort über dem bodenlosen Abgrund, sondern ein Löwe. Ein Löwe, der lauter brüllte als der Donner. Aber unter der prächtigen Mähne, die strahlte wie die Sonne, prangte kein Löwenmaul, sondern das Gesicht von Mukamwezi.

Die fünf erschrockenen Greise konnten sie gerade noch halten, als es aussah, als wollte sie sich in die Tiefe stürzen, um die Wolken hinter dem rötlichen Dunst hervorzuholen. Sie zogen sie vom Felssporn weg und legten sie, die japste und die glutroten Augen verdrehte, auf den sanften Hang des Bergkamms. Als sie nach einer langen Weile wieder zu sich kam, verkündete sie:

»Ich habe den Regen gesehen. Er rief mich zu sich. Ich habe Kibogo in seiner Wolke gesehen. Er wartete auf mich. Er war da, ganz nah bei mir. Er erwartete mich, seine Gattin, und säuselte mir zu: ›Ich gebe den Regen frei.‹ Warum habt ihr mich festgehalten? Wer weiß, ob der Regen jetzt noch kommt, wo ich ihm nicht vorangegangen bin, wie Kibogo es mir aufgetragen hat.«

»Der kommt schon«, sagten die Greise, »du hast den Regen aufgeweckt, hast ihn gesehen, er wird kommen, denn Kibogo hat es dir versprochen.«

Sie halfen Mukamwezi auf die Beine und stützten sie, so gut sie konnten. Sie flößten ihr die letzten Schlucke Honigwein aus dem Igicuba-Topf ein, und sie kam wieder zu Kräften.

»Schnell jetzt«, sagte Karekezi, »wir müssen nach Hause, solange alle bei der Prozession sind. Wenn man sieht, wie wir vom Berg kommen, wird man fragen, was wir da oben angestellt haben, und manche werden es erraten – oder sich noch Schlimmeres ausmalen.«

Also traten sie den Rückweg an. Auf halber Strecke rannte Mukamwezi los, den Hang hinab, ließ die fünf Greise hinter sich. Hinter dem großen Felsblock, bei dem sie sich getroffen hatten, verschwand sie außer Sicht.

Die alten Weisen schafften es unbemerkt nach Hause, und als man sie am nächsten Tag fragte:

»Sag mal, warst du gar nicht bei der Prozession? Ich habe dich nicht gesehen«,

da antworteten sie:

»Schau mich doch an, siehst du nicht meine alten Knochen? Mehr hab ich dem Tod nicht vorzuweisen. Wie hätte ich dieses Gerippe hinter der Maria herschleppen sollen? Sie nimmt mir das bestimmt nicht übel.«

Das kaufte ihnen freilich niemand ab. Und ein unschuldiges Kind verkündete:

»Großvater, du, ich hab dich gesehen, mit Gasana, Gasore, Gatoke und Twari. Ihr habt auf dem Berg mit der Heidin getanzt, mit Mukamwezi, der Verrückten. Getanzt habt ihr, ihr Großväter, habt ganz vergessen, dass ihr alt seid, und ich habe euch alle erkannt.«

• • •

Der Regen ließ sich Zeit mit seiner Rückkehr. Stur bedeckte Ruzagayura die ausgemergelten Leiber unter ihrem Totentuch aus rotem Staub. Dann endlich brach der Sturm los, bezwang Ruzagayura und zog einen langen Regenschleier nach, der sich über die Hügel legte. Die Kinder tanzten in den Tropfen, die Bananenblätter richteten sich auf, und wir atmeten den schweren Wohlgeruch der nassen Erde.

Der Regen war zurück. Er hatte Ruanda nicht im Stich gelassen! Wir mussten säen und pflanzen, was wir an Samen und Setzlingen hatten retten können. Die Bewohner des Hügels vereinten ihre letzten Kräfte in der Hoffnung, dass neben dem Regen auch die Menschen ihnen endlich Rettung brächten.

Ein paar Tage nach den ersten Regenfällen hörten wir das knatternde Motorrad des Padri. Sogleich bestellte er die Dorfbewohner vor die Niederlassung. Stumm lauschten wir seiner langen Predigt; nicht einmal die aufgekratzten Kinder wagten, sich zu rühren, und die Babys schliefen still auf den warmen Rücken ihrer Mütter.

»Danket dem Herrn«, begann der Padri, »und vor allem Maria und ihrem guten Herzen. Sie gab euch den Regen wieder, trotz eurer Sünden, die ihren Sohn erzürnt haben. Denn ich habe mir sagen lassen, dass sich einige von euch oben auf dem Berg heidnischem Unfug hingegeben haben, um den Regen zu rufen. Wer da oben war, hat mit dem Teufel getanzt. Schlimmer noch: mit einer Teufelin! Eine Sünde war das, eine Todsünde sogar! Wenn sie nicht beichten, schmoren sie auf ewig in der Hölle. Oh diese armen Irren, hätten sie das nicht wissen können? Jetzt müsst ihr alle Buße tun für die unter euch, die dieses Sakrileg begangen haben, aber vor allem müsst ihr eure Dankbarkeit der Himmelskönigin beweisen, die euch vergeben und gerettet hat. Folgendes verlangt sie, das hat sie mir bei der Messe selber mitgeteilt: ›Sage ihnen, dass ich meine Statue ganz oben auf dem Hügel haben will, da, wo sie nicht gewagt haben, ihren Heidenwald zu roden. Niedermähen sollen sie die Teufelsbäume und stattdessen meine Statue aufstellen. Das wird sie daran erinnern, was ich für sie getan habe, und ich werde über den ganzen Hügel wachen und seine Bewohner behüten wie meine Kinder. Nie mehr müssen sie eine Ruzagayura fürchten.‹ Dank des Regens, den Maria euch geschickt hat, wird die Kaffee-Ernte dieses Jahr gut ausfallen. Und das Geld, das ihr auf der Waage des Kaffeehändlers verdient, teilt ihr natürlich mit der Lieben Mutter. Im Missionsladen gibt es herrliche Statuen. Wenn ihr unserer Mutter genug Dankbarkeit erweist, suche ich die schönste für euch aus, und wir stellen sie auf den Gipfel dieses immer noch heidnischen Hügels, der – ich sehe es ja von hier – unserer heiligen Kapelle zu trotzen scheint. So wird der Hügel ihr geweiht. Habt ihr es noch immer nicht erkannt? Ruanda ist jetzt ein christliches Reich. Ja, über die

Stirn eures Königs, eures Mwami Mutara Rudahigwa, ist das Weihwasser geflossen, er nennt sich nun Charles Pierre Léon. Ruanda hat einen christlichen König und ist ein christliches Königreich. Wer wollte es da wagen, in den Sündenpfuhl des Heidentums zurückzukriechen?

Der christliche Mwami soll über Ruanda herrschen! Yézu soll über Ruanda herrschen!«

Die Menge klatschte in die Hände: »Ganza umwami!«, jubelten sie. »Ganza Yézu! Es lebe der König! Es lebe Yézu!« Doch die Madonna, die der Padri im Namen Marias verlangt hatte, wurde trotzdem nicht aufgestellt, und die Bäume des heiligen Walds blieben unangetastet. Die Gemeinde beauftragte den Schreiber des Hügels damit, einen Brief an den Missionar aufzusetzen. Die Kaffee-Ernte, stand darin, war nicht so üppig ausgefallen wie erhofft; der griechische Händler hatte die armen, hilflosen Bauern mit seiner Schummelwaage übervorteilt; das bisschen Geld, das ihre Plackerei ihnen eingebracht hatte, war zum Kauf von Medikamenten für die Krankenstation ausgegeben worden, um die Kinder zu retten, die Ruzagayura derart geschwächt hatte, dass sie zur leichten Beute sämtlicher Krankheiten wurden. Auf den sorgfältig verfassten Brief erfolgte niemals eine Antwort.

Gatoke, Gasore und Twari verstarben noch im selben Jahr. Einige sahen darin die Rache des Gottes der Padri, doch angesichts des hohen Alters der drei Männer stieß dieses Geunke weitgehend auf taube Ohren. Um ihre Geister zu besänftigen – denn die Geister der Toten sinnen immer auf Rache –, bauten wir hinter den Bananenstauden auf ihren Hinterhöfen je eine kleine, dem Ahnenkult geweihte Hütte und brachten ihnen ein paar Körner Sorghum oder Eleusine als Opfer dar, dazu eine kleine Kalebasse Sorghumbier. Die Toten haben nur wenig Appetit und keinen großen Durst. Karekezi und Gasana überlebten. Doch waren sie zum Gespött des Hügels geworden und wagten sich nicht mehr aus den Hütten, in die ihre Schwiegertöchter sie verbannt hatten. Oft vergaß man sogar, ihnen Essen zu bringen, manchmal aber teilte eine ihrer Enkelinnen – oder Urenkelinnen, da kamen sie beide nicht mehr richtig mit – ihren Hirsebrei mit ihnen und wartete dann ungeduldig auf die Schale, bis die Greise mit einer der endlos langen Geschichten fertig waren, die sie dann stets erzählen wollten.

Mukamwezi verschwand spurlos. Man glaubte, sie verstecke sich, aus Angst davor, wegen Hexerei ins Gefängnis zu müssen. Manche versicherten, sie sei nach Burundi geflohen, in den Busch von Kumoso, wo man sie bei jeder winzigen Laune des Regens von weit her aufsuchte. Andere sagten, sie habe den Fluss Malagarazi und seine krokodilverseuchten Sümpfe überquert und lange in Buha gelebt, dem Land der Seher. Dort habe sie die Geheimnisse einer Seherin namens Inangona, Die-des-Krokodils, erfahren – oder sie ihr abgepresst. Einige schrieben ihr die Rückkehr des Regens zu und behaupteten sogar, sie sei in den Himmel geholt worden, an die Seite von Kibogo, ihrem Gatten. Nur im Dunkeln wisperte man diese Geschichte. Bei Tageslicht hätte keiner gewagt, darüber zu sprechen.

AKAYÉZU

Jetzt ist die Geschichte von Akayézu an der Reihe. Auch wenn sie eigentlich keine Geschichte ist, muss sie dennoch erzählt werden.

Akayézu kehrte mit der Trockenzeit zurück. Die Bananenblätter waren bereits staubgerötet, als er aus dem Pritschenwagen stieg, der Nachschub für den Laden des Swahili brachte, den einzigen, den es auf dem Hügel damals gab. Gekleidet war er in eine makellos weiße Robe, an den Füßen trug er Sandalen, und dieser imposante Aufzug hatte ihm einen der zwei staubgeschützten Ehrenplätze vorn beim Fahrer eingebracht. Die wenigen Fahrgäste, die hinten hatten aufsteigen dürfen, mussten sich dort zwischen die Primus- und Fanta-Kisten quetschen oder sich an den Kanistern mit Palm- und Erdöl oder den Holzkohlesäcken festklammern. Der Fahrer beeilte sich, Akayézus kleine Tasche auszuladen, und hielt sie ihm respektvoll hin.

Schon lief ein ganzes Rudel Kinder herbei und umringte den Reisenden:

»Akayézu, Akayézu! Hast du Brot dabei, bringst du das Brot für die Kinder? Du hast doch die Kinder nicht vergessen?«

Sanft schob Akayézu die drängelnden Kinder weg, die seine makellose Robe zu besudeln drohten. Fast sah es aus, als hebe er die rechte Hand und lege zwei Finger auf die geschorenen Schädel einiger Kleiner, um sie zu segnen wie die Padri. Dann ging er über den leeren Platz, von dem hin und wieder kleine Sandhosen aufwirbelten.

Ein Gefolge aus kleinen Bittstellern und einigen Frauen folgte ihm über den schmalen Pfad zwischen den die Hütten umfassenden Wolfsmilchhecken. Die zu dieser Jahreszeit untätigen Männer saßen im Kreis um einen Krug Bier und riefen ihm Grüße zu:

»Wiriwe Akayézu! Komm und tauch mit uns den Trinkhalm ein!«

Akayézu grüßte weihevoll zurück und nannte jeden bei seinem Taufnamen. Es schien, als hebe er die Hand, um seinen Gruß mit der Geste zu ergänzen, die er so oft geübt hatte – im Duschraum, vor dem einzigen Spiegel, der den Seminaristen zur Verfügung stand.

Vor dem Gehöft seiner Eltern wandte er sich an die Handvoll Kinder, die ihm noch immer folgten:

»Ihr wisst doch: Morgen, unter den großen Bäumen auf dem Hügel, sollt ihr euer Brot bekommen. Jetzt lauft nach Hause. Morgen, sage ich, unter dem großen Baum.«

Auf dem Vorhof kündigte er hüstelnd sein Kommen an, wie es die Höflichkeit gebietet. Seine Mutter und seine fünf Schwestern liefen herbei, und er entzog sich der mütterlichen Umarmung, um seine Robe abzulegen und sie der ältesten Schwester zu reichen.

»Gib gut acht darauf, Mathilda, ich hab nur die eine Soutane. Morgen früh muss sie blitzsauber sein ...«

Gekleidet in blaue Shorts und ein kurzärmeliges Kaki-hemd ließ er sich nun ausgiebig umarmen und über und über betasten, wie es die Höflichkeit gebietet. Eifrig trugen die Frauen dem geliebten und bewunderten Bruder und Sohn alle Getränke und Speisen herbei, die die liebevolle Zuneigung einer Mutter und ihrer Töchter für den einzigen männlichen Nachkommen der Familie nur auftreiben konnte. Man kann sich die Szene leicht vorstellen!

Akayézus Vater wurde gefragt:

»Was macht dein Sohn denn noch bei den Padri? Er ist schon ganz schön lange dort: Hat er bei den Bazungu über-haupt noch was zu lernen? Wird aus ihm denn nie ein Pa-dri?«

»Doch, doch, bald. Der lernt dort Zeug, das kann ich nicht mal aussprechen: Theorologalogie, Summatomasi, und alles auf Latini, alles auf Latini …«

»All dieser Bazungu-Krempel, wenn er da mal nicht ver-rückt wird, ich kannte da …«

»Ich habe meinen Sohn Akayézu genannt, Kleiner Jesus, als hätte ich's geahnt … Ihr werdet schon sehen, eines Tages wird er ein Padri, und zwar kein kleiner, sondern ein gro-ßer, ein Monseigneur wie der in Kabgayi, glaubt's mir ruhig, ein Monseigneur mit einer großen Krone wie unser König Mutara.«

· · ·

Am nächsten Tag, vor Sonnenaufgang, streifte Akayézu die Soutane über, die Mathilda im flackernden Licht der Agata-dowa, der kleinen Öllampe, hingebungsvoll gewaschen und gebügelt hatte. Dann stieg er auf den Gipfel des Hügels, wo immer noch das dichte Wäldchen stand, das man Kigabiro nannte und von dem es hieß, es sei ein Überbleibsel einer heidnischen Kultstätte, weshalb es tabu war, die hohen Bäume zu fällen. Die Kinder, die offenbar schon auf ihn gelauert hatten, liefen ihm nach, die Kleinsten unter den wachsamen Augen ihrer Mütter oder großen Schwestern. Alle wollten sicher sein, dass Akayézu wirklich die Tasche bei sich trug, in der die beiden vorgeschnittenen Brotlaibe steckten, die der Seminarist in Astrida gekauft hatte, als der Pritschenwagen dort Fahrgäste und Waren aufnahm. Die Akayézu schrankenlos ergebene Katechetin Immaculata begleitete ihn, um ihm zu helfen, das Brot in Ruhe aufzuteilen. Eine weitere Frau trug einen Klappstuhl, damit der brave Seminarist einen Platz zum Sitzen hätte. Als das Gefolge den Hügel erreichte, schien eine triumphale Morgensonne auf die alten Bäume.

Akayézu nahm auf dem Stuhl Platz, den Immaculata mit einem Zipfel ihres Kleids abgewischt hatte. Aus voller Kehle begrüßte er die Menge:
»*Dominus vobiscum.*«
Worauf die Kinder antworteten:
»Umukati! Umukati! Brot, Brot!«

Immaculata wies die Kinder und ihre Begleiterinnen an, im Halbkreis vor ihm Platz zu nehmen. Das lief nicht ohne Schwierigkeiten ab: Ein paar Unbelehrbare unter den Großen wollten unbedingt ganz vorn sitzen. Lang musste mit den Müttern diskutiert werden, die fanden, ihre Kinder hätten einen schlechten Platz für die Verteilung abbekommen. Akayézu musste eingreifen, um die Gemüter zu kühlen. Er versprach, dass jeder im Rahmen des Möglichen ein ebenso großes Stück wie alle anderen bekäme, auch wenn er nicht versprechen konnte, dass genug für alle da war, denn die Zahl derer, die ihm folgten, wurde von Jahr zu Jahr größer. Außerdem würde er sein Brot künftig nur noch denen geben, von denen er sicher wusste, dass sie wirklich auf dem Hügel lebten. Schließlich konnte er nicht die ganze Region damit versorgen, die ganze Provinz oder gleich ganz Ruanda. Er war ja nicht Yézu.

Behutsam holte Akayézu aus seiner Tasche zwei in Papier eingeschlagene Brotlaibe hervor und legte sie auf den Worfelkorb, den Immaculata ihm hinhielt. In aller Ruhe packte er sie aus und zählte die Scheiben. Wenn man die Kanten nicht mitzählte, gab jeder Laib zwanzig Stücke her, die er mit Immaculatas Hilfe noch einmal entzweiteilte. So kam er auf achtzig Scheiben: zu wenig für die Menge auf dem Hügel. Manche würden leer ausgehen. Womöglich mit Gewalt reagieren. Akayézu zögerte. Um die Verteilung möglichst lange aufzuschieben, hob er zu einem der endlosen Sermone an, die man von ihm kannte. Obwohl niemand sie verstand, waren all die fremden Worte doch sehr faszinierend – Französisch natürlich, aber vor allem Latein, was zwar noch verwirrender war, seine Rede aber auch so geheimnisvoll klingen ließ wie eine magische Beschwörung.

Schließlich musste das Brot aber doch verteilt werden: Gemurre und ungeduldige Rufe wurden in der Versammlung laut. Zwei imposante Matronen erboten sich als Geleitschutz für die Körbe und ihre Träger, und Akayézu machte sich an die Verteilung: Eine Scheibe nach der anderen legte er in die ausgestreckten Hände der Frauen und Kinder. Die Kleinsten hingen ihm an der Soutane, und die Mütter hielten ihm mit ausgestreckten Armen ihre Babys hin. Doch aus den hinteren Reihen, in die man die Größten verbannt hatte, wurde geschubst und gedrängelt, sie stießen die im Weg stehenden Kinder und Mütter zu Boden und stiegen über sie hinweg. Die Matronen schirmten Akayézu und die Körbe mit ihrer geballten Leibesfülle ab, doch bald waren auch diese menschlichen Schutzschilde überwunden. Ein letztes Mal versuchte Akayézu noch, den Ansturm abzuwehren, indem er aus voller Kehle schrie: »*Vade retro, Shatani!*«, dann verschwanden er, die Körbe, Immaculata und die Matronen im Gewühl. Große Kerle machten sich davon, die Taschen ihrer zerlumpten Shorts zum Bersten voll mit Brot. »Das ist für meine kranke Schwester!«, rief einer von ihnen.

Akayézu fand sich auf den Knien wieder, mit staubroter Soutane, umringt von weinenden Kindern und jammernden Frauen. »Verflucht sollen sie sein, diese Gierschlünde«, klagte er. »Die würden noch den Engeln das himmlische Brot aus den Händen reißen und sich wie die Hunde um das Manna fetzen, das Gott in der Trockenzeit für sie sprießen lässt.«

Aber vielleicht war es nicht jedes Mal so schlimm. Lästermäuler gab es immer auf den Hügeln, und niemand wüsste noch zu sagen, in wie vielen Trockenzeiten man den Seminaristen Akayézu sah, wie er unter den Kindern des Hügels seine zwei Brotlaibe verteilte.

• • •

Lange hat man sich auf dem Hügel gefragt, wieso die Missionare ausgerechnet Akayézu für das Kleine Seminar in Kabgayi ausgewählt hatten: Bevorzugt wurden für gewöhnlich die Söhne von Häuptlingen und Katecheten. Und ja, die Aufnahme ins Kleine Seminar war in der Tat ein gewaltiger Vorzug – es war der Königsweg, geradezu der einzig mögliche, um Zugang zum Wissen der Weißen zu erhalten. Und wer zu den wenigen Auserwählten zählte, die danach ins Große Seminar Saint-Charles Borromée in Nyakibanda aufstiegen, hatte die Chance, irgendwann selbst ein waschechter Padri zu werden, ein Mitglied des einhcimischen Klerus, fast auf Augenhöhe mit den Missionaren. Es war jedoch auch möglich, einen anderen Weg einzuschlagen und einen hohen Rang unter den Abakarani einzunehmen, jenen allseits gefürchteten Sekretären, vor denen sogar die adligen Häuptlinge zitterten, die bislang eher auf ihre unzähligen Rinder gebaut hatten als auf die Diplom genannten Zettel, die einem die Europäer gaben, wenn man ihre Schule besuchte. So oder so, wer vom Kleinen oder Großen Seminar abging, gehörte unbestreitbar zur überlegenen Klasse der »Entwickelten«.

Akayézus Vater galt nicht gerade als beispielhafter Christ. Es hieß sogar, er sei noch lang Heide geblieben und habe als einer der Letzten die Taufe empfangen. Bei der Messe zeigte er mäßige Inbrunst, bei der Gemeindeversammlung ließ er sich kaum blicken. Gut möglich, dass er seinem Sohn – dem einzigen in einer Familie mit fünf Töchtern – den Namen Akayézu, Kleiner Jesus, bloß verpasst hatte, um den eigenen Mangel an religiösem Eifer aufzuwiegen. Zu den Abendrunden seiner Frau, einer bekannten Geschichtenerzählerin, fanden sich mehr Kinder ein als zum Religionsunterricht. Sie erzählte von den vielen Heldentaten des Königs Ruganzu Ndori, der mit seinen magischen Pfeilen zahllose Quellen hatte sprudeln lassen, und von all jenen, die ihr Leben für die Rettung Ruandas geopfert hatten: von der Königin Robwe zum Beispiel, die sich todesverachtend auf die heilige Trommel des feindlichen Königs gestürzt hatte, oder von Kibogo, der ins Himmelszelt geholt worden war, um die Dürre zu bezwingen, und zwar vom Gipfel eben jenes Berges, dessen äußerste Wallung unser Hügel zu sein schien.

In der Grundschule hatte sich Akayézu, der bei seiner Taufe den Namen Théogène erhalten hatte, nicht sonderlich hervorgetan. Wie seine Klassenkameraden war er aufmerksam und artig, denn so sind ruandische Schüler eben. Beflissen wiederholte er die französischen Wörter und Sätze, die der Lehrer an die Tafel schrieb und Silbe für Silbe der Klasse vorsprach. Wie alle anderen zeigte er stets auf, wenn der Lehrer eine Frage stellte, und schnippte dazu aus Leibeskräften mit den Fingern, auch wenn er die richtige Antwort gar nicht wusste: »Nehmen Sie mich dran, Herr Lehrer, nehmen Sie mich!«, flehte er im Chor mit der gesamten Klasse. Doch immer kamen Hakizimana oder Butoyi ihm zuvor, immer rief der Lehrer nur dieselben auf.

Wenn man aber fragte, wieso die Missionare gerade Akayézu für das Kleine Seminar ausgewählt hatten, obwohl es so viele Bessere gegeben hätte, ja sogar Söhne von Häuptlingen, Unterhäuptlingen und Katecheten, dann bekam man zur Antwort: »Die haben Akayézu nach Kabgayi geholt, weil er ein kleiner Dieb war.« Darauf brach stets Gelächter aus, und wenn man dann beharrte: »Ein kleiner Dieb? Wie meint ihr das?«, erzählte früher oder später jemand die Geschichte der Berufung, wie die Padri dazu sagten, des Lügenboldes Akayézu – eine Geschichte wie für Kinder ausgedacht.

Eines Tages, so erzählte man, war ein Padri spazieren gegangen und hatte dabei, wie die Padri das so tun, in seinem dicken Buch gelesen, als Akayézu ihm entgegenkam, die Nase ebenfalls in einem Buch, das größer als er selbst war. Akayézu machte auf den Fersen kehrt und wollte weglaufen, das Buch unter dem Hemd versteckt, doch da fiel es zu Boden, Akayézu stolperte darüber, legte sich lang und wurde von der groben Faust des Padri am Schlafittchen hochgezogen.

»Du kleiner Dieb«, schimpfte der Padri, »heb sofort das Buch auf und gib's her.«

Am ganzen Leib zitternd, reichte Akayézu ihm das Buch.

»Wusste ich's doch: Das Brevier von Pater Anselme, er dachte, er hätte es verloren, aber wie soll einer sein Brevier verlieren? Kleiner Gauner, du hast es gestohlen! Was hattest du damit vor? Weißt du überhaupt, dass du da eine Todsünde begangen hast?«

»Ich hab's nicht gestohlen, das lag auf der Straße, es ist aus der Tasche von seinem Pikipiki gefallen.«

»Und du hast es ihm nicht gleich zur Niederlassung gebracht? Soll das etwa kein Diebstahl sein?«

»Ich wollt's ihm ja bringen, aber vorher wollte ich es lesen.«

»Es lesen?«

»Ja, ich weiß, dass darin die Geschichte von Yézu steht. Ich bin getauft auf Théogène, aber mein Vater hat mir den Namen von Yézu gegeben, und ich heiße Akayézu, darum wollte ich wissen, was das Buch der Padri wirklich über Yézu sagt. Ich glaube, der Katechet erzählt uns nicht alles. Ich will aber alles über Yézu wissen und alles so wie Yézu machen, weil mein Vater mich Akayézu genannt hat.«

»Und was hast du gelernt aus diesem Buch?«

»Gar nichts. Was da drinsteht, ist kein Französisch. Das ist eure Padri-Sprache. Die versteh ich nicht. Und ihr wollt sie uns nicht beibringen wie Französisch, weil sie euer Ibanga ist, euer Geheimnis.«

»Wie, du möchtest Latein lernen?«

»Ich will alles wissen, was ihr wisst, und genauso wie die Padri sein. Wie Yézu in eurem Buch möchte ich sein. Der war stark, und ich heiße schließlich Akayézu. Mein Vater gab mir diesen Namen: Akayézu. Das Buch hab ich nicht stehlen wollen, aber ich will Latein lernen, um es zu lesen, und dann will ich sein wie Yézu, weil mein Vater mir den Namen Akayézu gab.«

Der Padri war berührt von Akayézus Eifer.

»Junge«, sagte er, »wenn du brav bist und in der Schule gut aufpasst, wenn du lernst und vor allem täglich zu Yézu und Maria betest, dann will ich dafür sorgen, dass du nach Kabgayi darfst, wo du nicht nur Latein lernst, sondern auch die Sprache der Bücher, die das Leben von Yézu erzählen. Und wenn du wirklich so sein möchtest wie er, wirst du vielleicht, wenn Yézu will, ein Padri wie ich.«

Und so kam, der Legende nach, Akayézu ans Kleine Seminar von Kabgayi.

· · ·

Jedes Jahr setzte Akayézu sich während des dreimonatigen Urlaubs, der mit der kurzen Trockenzeit in Ruanda zusammenfiel, dafür ein, seinen Hügel zu evangelisieren, wie er das nannte. Eins nach dem anderen besuchte er die Gehöfte, sorgte sich um die Gesundheit der Kinder, um die Rinder der Tutsi, um die Mais- und Sorghumernte der Hutu und um die Tontöpfe in den Brennöfen der Batwa. Er segnete neugeborene Kinder und Kälber, er segnete Hütten, Kornspeicher, Felder und Krüge. Eine Kinderschar rannte ihm hinterher und rief seinen Namen: »Akayézu! Akayézu!« Ein paar Frauen folgten ihm in gebührendem Abstand. Immaculata, die als Hilfskatechetin den Kleinsten die Frohe Botschaft beizubringen hatte, war seine wichtigste Jüngerin. Sie und ihre Kameradinnen gaben sich alle Mühe, ihm den Kinderschwarm vom Hals zu halten, der ihn umschwirrte wie Fliegen ein Kuhmaul.

Sonntags predigte Akayézu unter den großen Bäumen des Kigabiro, und seine Sermone lockten eine beachtliche Menge an. Nicht, dass jemand auch nur ein Wort seiner mit Latein gespickten Reden verstanden hätte, aber sie waren doch ein seltenes Spektakel, bei dem es viel zu lachen gab und das die Kinder gerne nachspielten, in einem eigenen Kauderwelsch, das klingen sollte wie die Sprache des Seminaristen.

Akayézus Predigten brachten ihm scharfen Tadel seitens der Pater der nahen Mission ein. Sie klagten, er halte die Gläubigen vom Besuch der Sonntagsmesse ab, der Pflicht für einen jeden Christen sei. Sie bestellten ihn ein und gaben ihm entschieden zu verstehen, ein Kleiner Seminarist dürfe nicht einfach so predigen, ohne Erlaubnis des Vorstehers oder sogar des Bischofs. Außerdem unterrichteten sie die zuständigen Stellen in Kabgayi, die sich daraufhin ebenfalls um die Rechtsgläubigkeit ihres Schülers sorgten – und nicht zuletzt um seine geistige Gesundheit. Dennoch blieb der Vorfall folgenlos. Akayézu verzichtete fortan auf große Auftritte und begnügte sich damit, im dichten Schatten des heiligen Wäldchens still und leise für die Handvoll Frauen zu predigen, die sich an seine Fersen geheftet hatte.

Was man in einem Seminar eigentlich machte, war allen ein Rätsel. Was konnte es dort noch zu lernen geben, das man nicht schon im Religionsunterricht gelernt hatte, und warum dauerte es so lang, bis einer Padri wurde? Was Akayézu vom Seminar erzählte, war genauso unverständlich wie die Gedichte der Krieger vergangener Tage, die die Alten unter allgemeinem Gelächter bei Hochzeiten aufsagten. Oft prahlten die Krieger von damals mit erfundenen Heldentaten, und manch böse Zungen legten raunend nahe, so verhalte es sich auch mit dem Seminaristen, der tat, als verfüge er über das gesammelte Wissen der Weißen.

Mit unendlicher Geduld und großem Wohlwollen bemühte sich der brave Seminarist, all die naiven oder gehässigen Fragen der Dreistesten unter ihnen zu beantworten – und die Fragen derer, die ihn eindeutig nur in Verlegenheit bringen wollten:

»Sag mal, Akayézu, bekommst du dort auch Bazungu-Essen? Erzähl mal, was essen diese Weißen? Wirst du davon nicht krank?«

Ein paar alte Frauen gaben jeden Anstand auf und fragten: »Und deine Kaka, ist die auch schon weiß geworden?«

Und andere:

»Es heißt, du schläfst allein in einem Bett der Weißen. Wie kannst du so schlafen, ohne jemanden an deiner Seite?«

Und wieder andere:

»Die Padri haben keine Frauen, wo kommen da die kleinen Padri her? Sind die deshalb hier, um unsere Jungs zu holen?«

Und die, die sich an ihren Religionsunterricht erinnerten – vor allem die Frauen –, wollten wissen:

»Akayézu, die Padri behaupten, Yézu sei in den Himmel aufgestiegen, aber sie verraten uns nicht, wie. Haben sie es dir erzählt, wo du doch ein Padri werden sollst?«

Und Akayézu erklärte:

»Die sagen, eine Wolke hat Yézu geholt, auf der ist er in den Himmel gefahren, genau wie seine Mama. Auf den Bildern der Padri habe ich gesehen, wie Maria auf ihrer Wolke in den Himmel gefahren ist, hoch über dem Regen; und sie sagen, dem heiligen Paulus zufolge käme Yézu uns auf dieser Wolke eines Tages alle holen.«

»Aber«, wandte ein Gelehrter ein, »die Weißen haben Flugzeuge, mit denen sie in den Himmel fliegen, ich hab sie selber gesehen. Haben die Yézu da oben getroffen?«

»Der Himmel der Flugzeuge ist ein anderer als der von Yézu. Der Himmel von Yézu ist das Himmelszelt: ›Merkt euch das gut‹, sagen die Padri, ›und behaltet die Wolken im Auge. Vielleicht seht ihr eines Tages Yézu auf seinem strahlenden Thron, wie er von Wolke zu Wolke auf euch zuschwebt.‹«

»Stimmt«, merkte eine alte Frau an, »bei uns erzählt man, auch Kibogo sei ins Himmelszelt aufgefahren, wie du sagst, und man erzählt sogar, das sei hier auf unserem Berg passiert. Ja, deine eigene Mutter erzählt das. Die wird doch wohl nicht lügen, oder?«

»Vielleicht hast du recht, denn meine Mutter lügt nie: Kibogo hat Ruanda gerettet, er ist in den Himmel aufgefahren, aber manche sagen auch, ihn hätte der Blitz geholt.«

»Und glaubst du, Kibogo kommt wieder?«

»Schon möglich, dass er wiederkommt«, erwiderte Akayézu, um die Großmutter nicht zu verärgern. »Wenn die Trockenheit unser Ruanda noch mal plagt, wenn großes Unglück unser Land befällt, wer weiß? Vielleicht kommt auch Kibogo dann aus den Wolken zurück.«

Akayézus Einlassungen über Kibogos Wiederkehr kamen auch dem Oberkatecheten zu Ohr und versetzten ihn in Rage: »Was Akayézu da erzählt, hat ihm Satan in den Mund gelegt. Im Seminar lernt er so was nicht, und auch nicht in meinem Religionsunterricht – in dem Buch, das ich von den Patern habe, steht kein Wort über Kibogo. Akayézu erzählt Lügen, vom Herrn der Lügen eingeflüstert. Das melde ich alles den Patern in der Großen Mission, glaubt mir, die wissen längst, mit was für einem Scharlatan sie's da zu tun haben. Von denen braucht der keine Absolution zu erwarten.« Aber die braven Leute vom Hügel hörten Akayézu heimlich weiter zu, und die Pater von der Großen Mission wollten mit dem Durchgreifen lieber abwarten, denn was der Oberkatechet da berichtete, war vermutlich blanke Verleumdung und nur seiner unverhohlenen Eifersucht auf Akayézu geschuldet, dessen dreimonatige Anwesenheit in den Ferien seine rechtmäßige, von den Patern verliehene Autorität untergrub.

Am Kleinen Seminar von Kabgayi selbst war Akayézu während seiner Zeit dort offenbar nicht weiter aufgefallen. Allerdings hatten seine Lehrer bemerkt, dass er ein schweigsamer, zurückgezogener Schüler war, was sie doch ein wenig besorgte, denn ein Seminarist sollte sich von den anderen keineswegs fernhalten, sondern sich bescheiden und demütig in die Gemeinschaft derer einfügen, die Gott für das Priesteramt ausersehen hatte. Obendrein hatten sie Gerüchte über Akayézus seltsames Benehmen während seiner Ferien auf dem Hügel gehört. Andererseits war er in Latein um Längen der Beste. Sein Lateinlehrer, der alte Pater Edgar Clays, war ihm freundschaftlich zugeneigt. Er gewährte ihm freien Zugang zu seiner Privatbibliothek, die laut seiner Kollegen diverse zweifelhafte, ja geradezu abweichlerische Werke enthielt, denn der ehrbare Missionar forschte zu Ketzer-Sekten in den frühen Jahrhunderten der Kirchengeschichte. Diese auf dem Index stehenden Bücher hatten, so behaupteten manche, Akayézus ohnehin anfälliges Gehirn verwirrt.

...

Als nach dem ersten Jahr am Großen Seminar die Ferien vor der Tür standen, weigerte sich Akayézu, in die ihm vom Vorsteher zugewiesene Gemeinde zu gehen, wo er sich vorschriftsgemäß als Hilfspfarrer hätte bewähren sollen. Er verkündete, er wolle nur in die Gemeinde, für die die Niederlassung auf seinem Hügel zuständig war: Als Erstes wolle er den Hügel evangelisieren, auf dem er geboren war und seine Familie lebte. Hatte er das nicht schon jedes Jahr getan, als er noch im Kleinen Seminar war? Die Kinder seines Hügels warteten auf ihn. Weshalb man seinem Ungehorsam schließlich nachgab, weiß niemand so genau. Vielleicht ermöglichte die Fürsprache seines Lateinlehrers es ihm, drei ganze Jahre von der allgemeinen Regel abzuweichen.

Die Pater der Großen Mission sahen gar nicht gern, dass Akayézu in der Soutane eines Großseminaristen in ihre Gemeinde zurückkehrte. Noch argwöhnischer machte sie, dass er sowohl die ihm angebotene Unterkunft als auch die ihm zugedachten Aufgaben ablehnte. Stattdessen richtete er sich bei seiner Familie ein, wo man ihm (wie es einem erwachsenen Sohn gebührt) eine Hütte gebaut hatte, die (wie es wiederum einem Beinah-Padri gebührt) mit Blech verkleidet war. Abends, nachdem er die Anwesenden ein Dutzend Rosenkränze hatte beten lassen, lauschte er andächtig den herrlichen Geschichten seiner Mutter, die alle in den Bann zogen. Dann ergriff er das Wort und verglich in einer kurzen Predigt Kibogos Aufstieg in den Himmel mit Yézus und Marias Himmelfahrt – sowie mit der Entrückung des Propheten Elija auf einem Pikipiki aus Feuer und Blitzen.

. . .

Es war die sogenannte Auferstehung der kleinen Angélina, die Akayézu bei einigen wenigen seinen Ruf als Heiliger einbrachte – und den eines Verrückten oder Besessenen bei zahlreichen anderen. Und zweifellos war der Trubel um dieses »Wunder« außerdem der Grund für seinen Ausschluss aus dem Großen Seminar.

Eines Nachts weckte Immaculata den Seminaristen.

»Akayézu«, sagte sie, »schnell, steh auf, du musst kommen, es geht um Suzana, sie hat entbunden, aber das Baby – wir glauben, es ist ein Mädchen – stirbt oder ist sogar schon tot. Du musst das kleine Würmchen taufen, was immer es ist, du bist ja fast schon Padri. Du musst es den Klauen des Dämons entreißen, der es ins Höllenfeuer werfen will, und wenn es schon halb tot ist, kannst du ihm vielleicht das halbe Leben wiedergeben, das ihm fehlt.«

Ohne groß nachzudenken, aber überzeugt, die Seelenrettung wäre seine priesterliche Pflicht, streifte Akayézu die Soutane über und folgte Immaculata. In der großen Hütte lag die Entbundene auf einem Teppich aus Gras, umringt von wehklagenden Hebammen. Eine der Matronen hielt ihm ein in Lammfell gewickeltes Bündel von rötlichem Schwarz hin, das durchaus ein Mädchen sein mochte, aber keinerlei Lebenszeichen von sich gab.

»Siehst du«, sagte Immaculata, »entweder sie ist schon tot, oder sie hat noch einen letzten Lebenshauch in sich, also verliere keine Zeit. Hier in dieser Kalebasse hast du Wasser, und in diesem Topf ist Butter, falls du welche brauchst.«

Die imposanten Matronen bedrängten den Seminaristen, reihten sich um ihn, bis ihm von ihrer ganzen Leibesfülle fast die Luft wegblieb.

»Beeil dich, Akayézu, wenn sie noch nicht tot ist, rette sie, und wenn doch, erbarmt Maria sich vielleicht und fängt sie auf, bevor sie in das Feuer stürzt, das nie erlischt.«

Akayézu schloss die Augen, schien sich intensiv zu sammeln, und befahl schließlich:

»Erst muss ich das Wasser segnen, bringt mir die Kalebasse.«

Eine Frau hielt sie ihm, und Akayézu sprach dreimal seinen Segen. Dann ließ er sich ein paar Tropfen in die hohle Hand träufeln und benetzte damit die Stirn des Säuglings:

»*In nomine Patris et Filii et Spiritus Sancti* taufe ich, Akayézu, dich, wer immer du sein magst, egal ob lebendig oder tot.«

»Und wie soll sie heißen? Sie braucht doch einen Namen, damit ihr Vater und ihre Mutter und alle auf dem Hügel sicher sein können, dass sie wirklich getauft ist.«

»Angélina. Ich taufe sie auf den Namen Angélina, denn wenn sie tot ist, ist sie jetzt ein Engel, und wenn sie lebt, wird ihr Name sie daran erinnern, dass sie beinah einer geworden wäre. Jetzt reicht mir die Butter.«

Akayézu nahm ein wenig Butter zwischen Daumen und Zeigefinger und salbte damit die Stirn, die Lippen, die Brust, den Bauch und die Füße des Kindes.

»So, Angélina«, erklärte er, »jetzt bin ich sicher, dass ich dich richtig getauft habe.«

In diesem Augenblick entfuhr der Neugeborenen ein leises Wimmern, die kleinen Glieder regten sich, und dann ließ sie einen ordentlichen Schrei hören – den Schrei, den sie schon hätte hören lassen sollen, als sie aus dem Schoß ihrer Mutter gekommen war.

»Sie lebt!«, rief da Immaculata. »Sie lebt, Akayézu hat sie auferstehen lassen, er hat sie zurück ins Leben geholt!«

Die Frauen fielen vor dem Seminaristen auf die Knie und küssten ihm die Soutane.

»Er hat sie auferstehen lassen!«, riefen sie. »Akayézu lässt die Toten auferstehen!«

»Das war ich nicht«, widersprach Akayézu vergebens, »ich hab die Augen zugemacht, und da sah ich die hochheilige Jungfrau Maria, wie sie die Kleine gerade noch auffing, ehe sie in die Hölle stürzte.«

»Eben!«, entgegneten die Frauen. »Deine Taufe ist mächtig,

sie hat die Mutter Gottes gezwungen, ein Kind zu retten, das tot geboren schien.«

Die Nachricht von der »Auferstehung« Angélinas verbreitete sich schnell auf dem gesamten Hügel. Nicht wenige machten sich lustig darüber, was die Frauen erzählten, diese Schwätzerinnen und Märchentanten. Doch gelangte die Geschichte schließlich auch zu den Patern der Mission, die den Seminaristen daraufhin zu sich einbestellten, ausführlich und lange befragten, scharf zurechtwiesen und schließlich ermahnten, öffentlich den Unfug richtigzustellen, den diese ungebildeten Klatschweiber verbreiteten, ja den ihnen womöglich der Teufel selbst eingeflüstert hatte, ohne dass sie es wussten. Akayézu dementierte recht halbherzig und mischte unter die erzwungene Klarstellung einen ausführlichen Bericht über das Eingreifen der Gottesmutter im letzten Augenblick, am Rande der Hölle. Das beruhigte jene, die die Geschichte von der »Auferstehung« Angélinas – mit all ihren Ausschmückungen – glaubten, überzeugte jedoch die Pater, dass der Seminarist einer gefährlichen Geistesstörung zum Opfer gefallen sei, die erstens seiner Berufung nicht angemessen war und zweitens drohte, die Würde des Priesteramts zu beschädigen. In einem förmlichen Schreiben teilte man Akayézu daher mit, er brauche nach den Ferien gar nicht mehr zum Großen Seminar zu kommen, denn aufgrund seiner Verschrobenheiten und seiner wiederholten dem katholischen Glauben widersprechenden Aussagen sei er fortan unwiderruflich der Schule verwiesen. Die Exkommunizierung blieb ihm indessen erspart, denn man rechnete damit, ihn mit geeigneten Bemühungen – sofern er sich diesen mit der erforderlichen Demut unterwarf – doch noch auf den Pfad der Vernunft und des Glaubens zurückführen zu können.

Die Neuigkeit hallte durch den staubigen Himmel der Trockenzeit wie ein plötzlicher Donnerschlag: Akayézu war vom Großen Seminar geflogen. Der Oberkatechet Bizimana hatte das entsprechende Gerücht in der Mission gemeldet. Es war von einem Brief die Rede, den der Monseigneur höchstpersönlich verfasst und verschickt haben sollte. Die Pater bestätigten dies unter vielen salbungsvollen Umschweifen. Akayézu, sagten sie auf Nachfrage, sei sehr krank geworden. Krank im Kopf. Er habe zu viel gelesen. Bücher, die er nicht hätte lesen sollen. Bücher, die zu viel für das Gehirn von einem waren, der eigentlich dazu bestimmt gewesen sei, die Rinder seines Vaters zu hüten. Die Padri rieten allen nachdrücklich, sich von ihm fernzuhalten. Womöglich sei er die Inkarnation eines der bösen Geister, die die Ruander getäuscht hatten, ehe sie, die Missionare, gekommen waren, um ihnen den wahren Gott zu offenbaren. Sicher, sie hatten Shatani, den großen Häuptling aller Teufel, ausgetrieben, aber die kleineren Teufel trieben noch ihr Unwesen und konnten schwache Geister befallen – oder solche wie Akayézu, die sich für klüger hielten als andere. Besser, man sei vorsichtig und meide ihn, wenn er denn schon unbedingt auf dem Hügel wohnen bleiben wollte. So oder so hätten der Verwalter und die Polizisten ihn im Auge.

Auch hieß es, Akayézu habe Anweisung vom Vorsteher erhalten, seine weiße Großseminaristen-Soutane abzugeben. Der Gemeindepfarrer war persönlich auf den Hügel zu seinem Vater gekommen, um ihm eine entsprechende Mahnung zu überbringen. Akayézu hatte sich jedoch steif und fest geweigert, fühlte sich vollkommen im Recht, zumal er schließlich Latein gelernt hatte und besser als die anderen die Bibel auszulegen wusste. Angeblich hatte er die Robe im verbotenen Wald versteckt, vergraben unter einem der heiligen Bäume, doch wenn er sie zu den heimlichen Predigten trug, die er abends bei den von seinen Anhängern veranstalteten Treffen hielt, war sie stets wie durch ein Wunder unbefleckt.

Einige behaupteten außerdem, ebendiese weiße Robe habe Akayézu zum Rebellen gemacht. Seine Kommilitonen im Großen Seminar erzählten lachend, er hätte das Porträt von Pius XII. mit seinem Spiegelbild verwechselt. Gehüllt in seine weiße Soutane hielt er sich für unfehlbarer als der Papst.

Akayézu musste das Gehöft der Familie verlassen; widerwillig, aber doch die Schande fürchtend, hatte sein Vater ihn vor die Tür gesetzt, trotz allen Flehens seiner Mutter und seiner fünf Schwestern. Nun lebte er in einer kleinen Hütte im hintersten Winkel des verbotenen Walds, und das Grauen, das die alten Bäume umwitterte, schützte ihn vor allen, die ihn vom Hügel jagen wollten. Das wünschten jedoch ohnehin nur wenige, denn viele hielten ihn für einen Verrückten, und in Ruanda lässt man Verrückte in Frieden. Es steht ihnen vollkommen frei, unter den geistig Gesunden herumzuirren und wirres Zeug zu faseln, nur dem Spott der Kinder sind sie ausgeliefert. Das war nun also die Stellung, die die Mehrheit der Hügelbewohner Akayézu zugewiesen hatte: die des Dorfnarren.

Einige wenige hielten Akayézu jedoch eisern die Treue und glaubten, er sei von einem mächtigen Geist bewohnt, womöglich sogar dem von Yézu selbst. Seine Jünger – hauptsächlich Frauen – suchten ihn heimlich in seiner Hütte auf, lauschten den endlosen, zunehmend von lateinischen Sentenzen durchsetzten Sermonen und baten ihn, sobald sein Redeschwall versiegte, um Rat oder Heilung. Akayézu verlangte keinerlei Gegenleistung für seine Orakel, doch die Ratsuchenden ließen ihm zum Dank Bohneneintöpfe, Mais, Bananen, Sorghumfladen, Krüge voll Bier und Ähnliches da. Er stand im Grunde unter dem Schutz der Frauen, denn er wurde von verzweifelten Müttern angerufen, die sich für ihre todgeweihten Kinder eine Wiederholung des »Wunders von Angélina« erhofften. Und wenn der Sprössling überlebte, wurde dessen Genesung der Liste der Wundertaten hinzugefügt, die Akayézus Ruhm unter seinen Jüngern mehrten.

Vor allem umgab Akayézu etwa ein Dutzend Frauen, die er seine Frommen nannte. Eine von denen oder seine Immaculata brachte ihm täglich Essen. Er nannte diese Wohltäterinnen seine hübschen Raben. Wieso er das tat, verstanden sie nicht. Sie lachten darüber. Neben dem Essen trugen sie Sorge dafür, dass es ihm nie an Bier fehlte, fegten vor seiner Hütte, sammelten Brennholz, wuschen und flickten seine kostbare Soutane. Zum Dank bedachte Akayézu sie mit endlosen Homilien, von denen sie kein Wort verstanden, über die er sie jedoch äußerstes Stillschweigen schwören ließ. Immaculata kam die Rolle seiner »geliebten Jüngerin« und seines Schutzengels zu.

Tatsächlich hatte Immaculata für Akayézu ihren Rang und ihren guten Ruf geopfert. Ihre ganze Familie war in der großen Hungersnot von 1943 umgekommen. Sie selbst, nun eine Waise, war von den Benebikira-Schwestern aufgenommen worden, den Töchtern der Jungfrau. Die setzten sie in der Küche ein, im Haushalt sowie beim Bestellen des Gemüsegartens und der Felder. Immaculata lernte bei ihnen,

Zierdeckchen zu sticken, die die Nonnen den wenigen durchreisenden Europäern verkauften. Außerdem brachte man ihr lesen und schreiben bei, und sie schnappte ein paar Brocken des Katechismus auf. So ausgestattet hätte sie sicher leicht einen Mann finden können, wäre sie von der Natur nicht derart benachteiligt gewesen: Eins ihrer Beine war ein gutes Stück kürzer als das andere, und dieses Gebrechen schreckte noch die letzten Bewerber ab, zumal die Matronen diese stets gütigst darauf hinwiesen, dass Immaculatas Bauch auf diesen Beinen nie im Leben die Last eines Kinds würde tragen können. Die Nonnen hatten ihr eine Stelle als Hilfskatechetin für die kleinsten Kinder des Hügels verschafft, doch der offene Umgang, den sie mit Akayézu pflegte, sowie die an Häresie grenzenden Abweichungen, mit denen sie ihren Unterricht garnierte – und die der Oberkatechet Wort für Wort den Missionaren meldete –, kosteten sie schließlich den Posten. Zuflucht fand sie bei einer alten Witwe, die ihre Eltern gekannt hatte und die ebenfalls eine Anhängerin Akayézus war, weshalb sie liebend gerne eine Frau beherbergte, die eindeutig in der Gunst des Meisters stand.

Immaculata genoss unter den Jüngerinnen großes Ansehen und diente ihnen auf ihre Weise als Dolmetscherin der Wortschwälle, die Akayézu von sich gab. Sie selbst verehrte Akayézu grenzenlos, nicht nur aufgrund seiner schrillen Reden, sondern vor allem wegen seiner theologischen Einsicht, die sie für mindestens ebenso tief – wenn nicht sogar tiefer – wie die des Papstes hielt, dem die Padri bescheinigten, dass er sich niemals irrte.

So war es denn auch sie, seine geliebte Jüngerin, der er die Arkana seiner geheimen Doktrin offenbarte, doch wenn man sie danach fragte, erklärte sie nur, sie habe nicht alles behalten und schon gar nicht alles verstanden. Akayézu hatte ihr versichert, er habe die ganze Bibel gelesen, mehrfach und in allen Richtungen. Laut der Padri konnte man die Bibel nämlich in verschiedenen Richtungen lesen, und angeblich kannten sie allein die einzig wahre. Ihnen zufolge sprach die Bibel nur von Yézu, sonst von nichts. Doch ihm, Akayézu, ging eine Frage schon lange nicht mehr aus dem Kopf: »Wieso spricht das Buch der Padri eigentlich nie über Schwarze, und warum sagt es kein Wort über uns Ruander? Kannte Yézu denn keine Schwarzen, und hat er niemals von Ruanda gehört? Waren wir ihm egal? Wenn ich aber sage: ›Josua ist eigentlich Ruganzu Ndori, der Ruanda zu seinem Königreich gemacht hat‹, und wenn ich außerdem sage, der Mupfumu, der Seher Elija, den der Blitz in den Himmel geholt hat, ist Kibogo, was erwidert ihr mir?« Doch wann immer Akayézu diese Fragen stellte, zuckten die Padri nur lachend mit den Schultern, oder sie wurden wütend und drohten, ihn vom Seminar zu werfen. So, wie es schließlich auch geschah.

Inzwischen war sich Akayézu sicher, dass die Bibel nicht die Geschichte der Juden erzählte, ja nicht mal die von Yézu, sondern die der Ruander. Die Padri hatten all das verdreht, um das Volk der Hügel zu täuschen – jenes Volk, das doch am Mittelpunkt der Welt lebte. In Scharen waren sie gekommen, um die Ruander so schnell wie nur möglich zu ihren Lügen zu bekehren, aus Angst, sie würden die Wahrheit erkennen und allmächtig werden.

Damals im Großen Seminar ließ Akayézu beim Spaziergang seinen vorgeschriebenen Begleiter oftmals einfach stehen, stieg allein mit seinen seltsamen Ideen auf den Berg neben der Lehranstalt und erzählte sich selbst eine der Geschichten seiner Mutter, und zwar seine liebste nach der von Kibogo, nämlich die über Prinzessin Nyangoma, die von ihrer Stiefmutter, der Königinmutter, vom Hof verbannt und weit fortgeschickt wurde, um als Vogelscheuche die Vögel und Affen von den Maisfeldern fernzuhalten. Dort auf den Feldern, mit den Vögeln und Affen als einzigen Freunden, sang Nyangoma tagelang Liebeslieder, die all die Vögel und Gazellen herbeilockten, statt sie zu verscheuchen. Und Akayézu stimmte das Liebeslied an, das er aus der Bibel kannte, *Nigra sum sed pulchra*, was er übersetzte als: »Ich bin schön, denn ich bin schwarz.« Dann sah er den vorüberziehenden Wolken nach und sagte: »Dies sind Nachrichten für mich von Kibogo, denn der heilige Paulus, der klein und schwärzer als ein Mutwa war, schrieb, Kibogo werde auf seiner Wolke wiederkehren. Nur haben die Padri diesen Brief gestohlen, den er uns Ruandern geschickt hat.«

Immaculata fragte den Seminaristen pausenlos über die himmlischen Wunder aus, die er, da war sie überzeugt, bei seinem mysteriösen Studium oder auf dem Berg neben dem Seminar, auf dem er zum Hirten seiner eigenen Gedanken geworden war, doch wenigstens schemenhaft hatte erblicken müssen. Akayézu beschrieb ihr daher in aller gebotenen Ausführlichkeit die Engel mit feurigen Flügeln, die sich in den roten Kratertiefen des Vulkans Karisimbi zu Kubandwa-Geistertänzen versammelten.

»Woher weißt du das alles?«, wagte Immaculata ihn manchmal zu fragen.

»In meinem Kopf wohnen zwei Geister: der von Yézu und der von Kibogo. Dadrin haben sie Frieden geschlossen.«

Auch Akayézus Schwestern Mathilda und Imelda – die älteste sowie die jüngste, die gerade erst das fünfzehnte Lebensjahr vollendet hatte – gesellten sich zu ihrem Bruder. Sie schlossen sich dem Konventikel an, das aus den Matronen bestand, die Angélinas »Auferstehung« beigewohnt hatten, aus der Mutter der »Wundergeheilten« und aus zwei, drei der sogenannten freien Frauen, die in Kigali ihr Glück gesucht hatten und in Schande auf den Hügel zurückgekehrt waren.

MUKAMWEZI

Die Trockenzeit ging ihrem Ende zu, als Akayézu sich vornahm, die alte Mukamwezi zu »evangelisieren«: die Heidin, die Hexe, die Schande des Hügels, die, wie der Katechet meinte, von wer weiß wo gekommen war, um uns zu verderben. Wir verachteten sie, wir schlossen sie aus, doch wir fürchteten sie auch. Wir gaben uns alle Mühe, sie zu ignorieren, und wenn die Kinder von den Ältesten wissen wollten, wer denn die Alte sei, die ganz allein in einer elenden Hütte lebte, weit weg von allen anderen, versteckt zwischen den entlegensten Ausläufern des Runani, dann bekamen sie zur Antwort: »Bloß eine verrückte Alte, aber kommt der besser nicht zu nahe.« Und wer einen Angehörigen ihres Clans traf, der fragte spöttisch: »Na, wie geht's Mama Kibogo?«, woraufhin der andere so tat, als habe er das nicht gehört oder verstanden. Außerdem versicherten alle, sie wüssten gar nicht mehr, wer dieser Kibogo überhaupt sei, und auch nicht, wie Mukamwezi je seine Gattin hätte sein sollen. Gut, manche räumten vielleicht ein, sie habe einmal am Hof des Königs Musinga und seiner furchterregenden Mutter, der Königinmutter Kanjogera, als eine Art Priesterin – oder wohl eher Hexe – gedient und Dämonenmessen abgehalten. Doch das waren frevelhafte Ge-

danken, die man besser beichten sollte, denn in den ent-
ferntesten Erinnerungen an die Zeiten, in denen unsere
Eltern Heiden waren, lauerte der Teufel.

Aber wenn es dunkel wurde, gab Mukamwezis Rückkehr
immer noch eine hübsche Geschichte für die abendlichen
Runden ab, und nicht zuletzt Akayézus Mutter schmückte
einige Episoden gerne aus. So kehrte die, die man für immer
verschwunden geglaubt hatte, zurück wie ein Gespenst aus
dem Totenreich. Mit irgendjemandes Hilfe hatte sie am Fuß
des Bergs eine kleine Rundhütte gebaut und bestellte dort ein
steiniges Feld, von dem nicht die geringste Ernte zu erwarten
war. Bald gehörte ihre Geschichte fest zum Repertoire der
Erzählerinnen. Laut der Legende hatte sie sich Kibogo und
seinem Gefolge jenseits der Wolken angeschlossen, und
wenn sie auf dem Bergkamm tanzte, war sie geschmückt mit
perlenden Regentropfen. Die gesäuselte Geschichte ver-
mischte sich mit den Träumen eines kleinen Kinds – des
unter dem wohlig warmen Wickeltuch seiner Mutter
schlummernden Akayézu –, bis die eine nicht mehr von den
anderen zu unterscheiden war.

Zwar hätte keiner je gewagt, das auszusprechen, aber viele
waren dennoch überzeugt: Mukamwezi war in den Himmel
aufgestiegen, zu Prinz Kibogo, dem sie geweiht war, und
hatte genau wie er Ruanda – oder wenigstens unseren Hügel – von der Dürre erlöst, die uns alle dahinzuraffen drohte.
»Habt ihr gehört, was die Padri sagen?«, wisperten manche
unter dem Deckmantel der Nacht. »Habt ihr gehört, was in
dem großen Buch steht, das sie uns zur Messe vorlesen? Yézu
ist in den Himmel aufgestiegen, und seine Mutter ebenfalls,

und genau das haben Kibogo und Mukamwezi getan, aber Mukamwezi ist zurückgekommen.« Und noch ehe Akayézu in die Schule kam, lauschte er dem Geschwätz der alten Tratschtanten, und ihre Ammenmärchen verzauberten seinen kindlichen Geist.

Als Akayézu beschloss, die alte Mukamwezi zu »evangelisieren«, schlüpfte er nicht nur in seine weiße Soutane, sondern legte sich obendrein einen Rosenkranz wie den der Pater um den Hals, und allerlei Ketten schmückten seine Brust wie ein rasselndes Pektorale aus Medaillen, Kruzifixen, Glasperlen und den Knochen und Zähnen verschiedener Buschtiere.

An der Schwelle ihres Grundstücks, zwischen den Bambusbündeln links und rechts des Eingangstors, rief er nach Mukamwezi:

»Yewe, Mukamwezi, yewe, ich bin Akayézu, ich weiß, dass du mich kennst. Ich komme dich taufen. Hab keine Angst, der Imana von Ruanda schickt mich. Fürchte dich nicht, meine Taufe ist anders als die der Padri. Lass mich ein, wir dürfen keine Zeit verlieren, ich muss dich dringend sprechen, unser Imana hat gesagt: ›Mukamwezi soll getauft werden.‹ Ich bin Akayézu, du kennst mich. Ich stamme von deinem Hügel. Ich bringe Weihwasser, eine Kalebasse mit Bananenbier, und außerdem Isongo und Honigwein.«

Fünfmal rief er so nach ihr, erhielt jedoch keine Antwort. Also ließ er sich an der Pforte nieder, auf einem Teppich aus Gräsern, den er anstatt einer Matte ausgebreitet hatte.

»Mukamwezi, komm heraus, ich weiß, du bist da, und deine Geister werden nicht versuchen, mich davonzujagen, ich habe hier was, vor dem sie selber Reißaus nehmen«, sagte er und klimperte mit seinen Medaillen. »Ich gehe nicht, bevor du mir antwortest. Ich esse nicht, bis du mich einlässt. Wenn du mir keine Antwort gibst, dann werde ich hier verhungern, und nach meinem Tod wird mein Umuzimu, mein Gespenst, dich Tag und Nacht heimsuchen, sodass auch du keinen Bissen mehr anrühren wirst. Lass mich rein. Ich bin's, der kleine Akayézu, du warst dabei, als ich geboren wurde.«

Erst bei Einbruch der Nacht erhielt der Seminarist eine Antwort:

»Akayézu, ich weiß, wer dich schickt, die Abakorwa nämlich, diese Hyänen, die unser Ruanda verflucht haben. Die sind keine Menschen. Ihre bösen Geister haben sich deiner bemächtigt, und jetzt hast auch du ein böses Herz. Ihr Giftwasser willst du mir über den Schädel schütten: Glaubst du, ich durchschaue ihre Machenschaften nicht? Auch in mir, in Mukamwezi, wohnt ein Geist, und der ist mächtiger, er gebietet dem Regen.«

»Mukamwezi, wenn ich dich taufe, wird das nicht wie in der Kirche. Wir machen es bei dir zu Hause, wir trinken Isongo, und wenn du willst, wird dir Honigwein über das Haar strömen: Akayézus Taufe wird das sein. Dein Imana sagt mir: ›Wenn unsere Geister Hochzeit feiern, werden wir mächtig genug, um unser Ruanda zu retten.‹«

Lange herrschte Stille, dann kam ihre Antwort:
»Dein Honigwein ist nichts gegen den des Mwami. Am Hof habe ich den Honigwein des Königs getrunken, und

wenn du mich besuchst, darfst du ihn kosten. Tritt ein und bring deinen Imana mit, dann werden wir ja sehen, ob er den meinen gefällt.«

Das Gerücht – nein, die Legende – besagt, Mukamwezi und Akayézu seien einen ganzen Monat zusammengeblieben, eingeschlossen in die Hütte. Aber was sie dort taten oder sagten, davon gibt es keine Kunde.

Als sie Akayézus Verschwinden bemerkte, rannte die aufgebrachte Immaculata kreuz und quer über den Hügel und fragte die anderen Anhängerinnen des verstoßenen Seminaristen nach ihm. Die erwiderten, sie seien besorgt, seit zwei Tagen habe ihn niemand gesehen. Als sie ihm wie jeden Morgen das Essen hatten bringen wollen, sei die Hütte leer gewesen. Schließlich aber rieten ihr die Kinder, die sich gern einen Spaß daraus machten, Akayézu als spottende Schar nachzulaufen: »Versuch's mal bei der Heidin, wir haben ihn in ihre Hütte gehen sehen. Vielleicht hat Mukamwezi ihn gefressen, wir haben gehört, die frisst Kinder, vielleicht frisst sie ja auch Männer in Kleidern.« Verärgert scheuchte Immaculata die Kinder fort. Ein Alter hatte mitgehört und feixte:

»Dein alter Heide, dem hat sein Yézu nicht alles verraten, und jetzt will er wissen, wie man in den Himmel aufsteigt wie Kibogo.«

»Sei still, Großvater«, fuhr Immaculata ihm über den Mund, »du weißt ja nicht mehr, was du redest. Dein loses Mundwerk wird noch dein Verderben sein.«

Drohend hob der Alte den Stock, grummelte etwas und zog davon.

Der Raub Akayézus stürzte Immaculata in eine innere Unrast, die sich im Laufe der Tage zu quälender Angst steigerte.

Jeden Morgen stieg sie zum heiligen Wald, in der Hoffnung, Akayézu in seiner Hütte vorzufinden. Doch die blieb ausgestorben. Den Rest des Tages drückte Immaculata sich vor dem Haus der Zauberin herum. Sie lauschte, aber es drang kein Mucks an ihr Ohr. Stundenlang lauerte sie vor der Hütte darauf, dass jemand reinging oder rauskam, hoffte, einer der beiden trete früher oder später vor die Tür, und sei es auch nur, um am Graben hinter den Bananenstauden seine Notdurft zu verrichten. Doch die Tür blieb verschlossen. Wer sollte Akayézu vor den Hexenkräften Mukamwezis schützen, wer sollte ihn retten? Sollte man zu Yézu beten, oder – weil er bei einer Heidin war – doch besser zu den heidnischen Geistern, von denen die Kubandwa-Jünger bei ihren Riten besessen wurden? Wahrscheinlich war es ohnehin zu spät: Er stand längst unter dem Zauberbann der Hexe.

Immaculata wandte sich an Akayézus Fromme, die ihre Sorgen teilten und mit ihr beteten. Der Seminarist musste um jeden Preis dem Einfluss der Hexe entrissen werden. Gewiss hatte er seine Macht überschätzt, Mukamwezi war stärker gewesen, hatte ihn und seinen Imana überwältigt. Lang berieten sich die Frauen, um ein Gegengift zu finden. Endlich wurden sie sich einig. Geeignet war allein das Mittel, das sie ihren Kindern gaben, um sie dem Tod abspenstig zu machen: Milch.

»Aber«, wandte eine der Matronen ein, »nicht bloß irgendeine Milch! Wir brauchen die Milch einer Kuh, die zum ersten Mal gekalbt hat, die allererste, gelbe Milch mit dickem, schwerem Schaum. Die wird ihm das Leben wiedergeben.«

»Und melken muss sie ein junger, starker, tüchtiger Mann«, ergänzte Mathilda, Akayézus Schwester. »Einer, der den Eimer fest zwischen den Schenkeln halten kann.«

»Da weiß ich genau den Richtigen«, sagte die zweite Matrone, »mein jüngster Sohn ist berühmt unter den Hirten. Aber der Eimer, der Icyansi, darf vorher noch nie andere Milch enthalten haben. Vorsichtshalber machen wir am besten einen neuen, und zwar aus dem Holz des Korallenbaums und aus keinem anderen.«

»Und wie sollen wir ihm die Milch zu trinken geben?«, fragte Théréza, die freie Frau aus Kigali.

»Er muss sie gar nicht trinken: Die Milch ist für seinen Imana«, erklärte die andere Matrone. »Hast du in der Stadt vergessen, wie das mit den Geistern funktioniert? Man tunkt einen kleinen Zweig und seine Blätter in die Milch, schüttelt ihn, und die Tropfen reichen aus.«

»Ihr habt recht«, sagte Immaculata, »genau so werden wir es machen. Aber eins habt ihr noch nicht bedacht: Zu Akayézus Imana gehören doch auch die der Padri. Habt ihr etwa seinen Namen vergessen? Akayézu? Ich glaube, wegen dieses Namens kann auch Yézu ihm zu Hilfe kommen. Und was haben wir von diesen Imana? Ihre Medaillen! Die Padri sagen, die schützen vor bösen Geistern, Krankheiten und allen anderen Übeln. Wir müssen sie bloß in die Milch werfen und den Topf gut schütteln, damit ihre Kräfte sich vermischen. Dann besprenkeln wir tief in der Nacht, von so nahe wir können, Mukamwezis Pforte und ihre Hütte. Hinterher vergraben wir ringsum die Medaillen, und ich, Immaculata, spreche außerdem die Formel, die mir der Seminarist beigebracht hat, um böse Geister zu vertreiben: *Vade retro, Shatani.* Und ihr, ihr sprecht dazu die Zaubersprüche unserer Mütter: Amata, Amata, kamarashyano, Milch, Milch, reinige alles.«

Einigen Frauen missfiel der Gedanke, ihre Medaillen herzugeben:

»Meine Medaille«, sagte die Mutter von Angélina, der »Wundergeheilten«, »hat mir Akayézu selbst gegeben. Wenn meine Kleine krank ist, leg ich sie auf ihren Bauch, und sie tötet die Würmer, die sie quälen. Wie soll ich Angélina ohne diese Medaille heilen?«

»Wenn auch du deine Medaille hergibst«, beruhigte Immaculata sie, »wird Akayézu aus Mukamwezis Zauberbann befreit. Falls deine Tochter dann krank wird, heilt er sie selbst.«

Schließlich waren alle einverstanden, ihre Medaillen zu opfern, und sie bereiteten gemäß den vereinbarten Riten das Elixir vor, das Akayézu aus den Zauberbanden lösen sollte, die ihn gefangen hielten.

In einer Nacht, in der die Wolken den Mond verbargen, wurde der Exorzismus durchgeführt. Doch am nächsten Tag und allen folgenden warteten Immaculata und die Frauen vergeblich darauf, dass Akayézu auftauchte. Mukamwezis Betörung war schlimmer als gedacht.

Nacht für Nacht verfielen Immaculata und die Frommen in lautes Wehklagen, ratlos, wen sie noch anrufen sollten.

»Diese Hexe«, schimpfte Immaculata immer wieder, »diese Gespielin des Teufels hat den armen Akayézu, der sie taufen wollte, bis in die tiefste Hölle hinabgerissen, ins Reich der

Finsternis, wo die Geister der Toten, die Abazimu, herum-
irren, denen vor Durst die Zunge aus der brennenden Kehle
hängt und denen ihre Familien nicht den kleinsten Tropfen
Bier mehr geben. Aber warum nur konnte er sich nicht weh-
ren, wo er doch so viel und so lange gelernt hat und wo sein
niemals versiegender Redefluss sogar die schlimmsten Un-
gläubigen bekehren konnte? Mukamwezi ist ein altes Weib.
Wie hat sie einen jungen, schönen, klugen Mann wie
Akayézu auf ihre Matte locken können? War er denn einverstanden damit, das Lager dieses abgezehrten Haufens Knochen zu teilen? Diese flachen Brüste zu liebkosen, die saftlos
herabhängen wie die Schoten des Flammenbaums? Aber sie
ist und bleibt eine Hexe, bestimmt hat sie die Fähigkeit, sich
in ein schönes Mädchen zu verwandeln, mit prallem, straf-
fem Busen und herrlich rundem Hintern. Ja, Mukamwezi ist
so finster wie der Tod, aber sie kann zaubern, und wenn sie
will, kann sie ihre Augen sanfter machen als die einer Färse
und ihre Stimme so zart und verlockend wie die einer Jungfrau. Wer würde dann noch ihren schmachtenden Blicken
widerstehen? Ach, Schwestern, so ein Unglück, lasst uns
weinen, Mukamwezi hat uns unseren Akayézu genommen,
den gibt sie nie mehr her, den sehen wir nicht wieder.«

Das herzzerreißende Klagen von Akayézus Jüngerinnen
hielt den ganzen Hügel wach. Doch am nächsten Morgen
schworen alle, sie hätten keinen Ton gehört.

• • •

Bei Sonnenaufgang stiegen Immaculata und zwei weitere
Frauen auf den Gipfel des Hügels, zu dem verbotenen Wald,

in dessen Mitte Akayézus Hütte stand. Sie hatten sich angewöhnt, dort jeden Morgen eine kleine Kalebasse Sorghumbier zu hinterlassen wie für den Geist eines Verstorbenen. In ritueller Geste fegten sie den Boden vor und in der Hütte, bestückten das Lager des Verschollenen mit frischen Gräsern und verbrannten in einem Schälchen duftende Blätter. Beim Aufbruch nahmen sie einander auf der Schwelle der Hütte in die Arme, beklagten im Chor Akayézus Verschwinden und stießen die furchtbarsten Flüche gegen seine vermeintliche Geiselnehmerin aus, die ihn, so glaubten sie, in die tiefste Hölle entführt hatte.

An jenem Morgen aber glaubten sie, ganz hinten in der Hütte, im Schatten des gewölbten Strohdachs, eine weiße Gestalt zu erkennen. Erschrocken wollten sie schon kehrtmachen, um vor dem Umuzimu zu fliehen – denn es war zweifellos der Geist des armen Akayézu, den Mukamwezis Folter in den Tod getrieben hatte –, als das Gespenst nach ihnen rief:

»Wovor habt ihr Angst? Erkennt ihr mich denn nicht? Ich bin es, Akayézu, ja wirklich Akayézu, der leibhaftige und lebendige!«

Sie drehten sich um, und da stand tatsächlich Akayézu in seiner blütenweißen Robe und erhob die Hand, um sie zu segnen.

»Du bist es wirklich, Akayézu«, riefen sie, »du lebst! Du bist der Hexerin entkommen. Du hast sie besiegt!«

»Ja, ich bin's, kommt her, lasst euch anfassen, dann spürt ihr, dass meine Hände keine Gespensterhände sind.«

Die Frauen setzten sich zu Akayézu.

»Ja«, sagten sie, »wir erkennen die Kraft deiner Hände, du bist wirklich Akayézu.«

»In drei Tagen ist Vollmond. Kehrt dann alle zurück unter die Bäume, dort, wo die Geister wohnen. Ich werde euch große Geheimnisse offenbaren, und ich werde nicht allein sein. Bereitet einen großen Krug mit Sorghumbier vor, und einen kleineren mit Honigwein, und bringt sie beide am Vorabend zu meiner Hütte. Verratet keinem, dass ich da bin, und passt auf, dass niemand euch folgt, wenn ihr in der Nacht zu mir schleicht. Jetzt aber los, ich segne euch und eure Imana.«

Eine nach der anderen verließen die Frauen die Hütte, und als Immaculata einen letzten Blick zurückwarf, glaubte sie, den weißen Schemen im duftenden Rauch aus dem Schälchen flackern und schweben zu sehen.

Voller Ungeduld erwarteten die Frommen die Nacht des dritten Tages. Akayézu schien erneut vom Erdboden verschluckt. Ängstlich fragte sich Immaculata, ob er wieder in Mukamwezis Zaubernetz gegangen war. Sie wusste nicht, zu wem sie noch beten sollte, sie hatte bereits alle angerufen. Die Frauen bereiteten einen großen Krug Bananenbier und einen kleineren mit Honigsorghum vor, wie Akayézu es ihnen aufgetragen hatte, und stellten beide still und leise in die Hütte im heiligen Wald. Abwechselnd hielten sie Wache vor Mukamwezis Hütte, in der Hoffnung – oder eher Sorge –, Akayézu dort zu finden, doch es war keine Menschenseele zu sehen.

• • •

Leichenblasses Mondlicht lag über der Lichtung, auf der Akayézus Hütte gebaut war. Sofort fiel den Jüngerinnen des Seminaristen auf, dass ihre Krüge jetzt vor dem verrußten, offenbar vom Blitz gespaltenen Stamm einer großen Feige standen. Akayézu trat aus der Hütte und lud die Frauen ein, sich unter den zerstörten Ästen im Kreis um die Krüge zu setzen. Auf der weißen Soutane schien sich das Mondlicht zu spiegeln, und auf seiner Brust hing ein Dutzend mit Tierklauen und kleinen Beuteln aus Rindentuch geschmückter Rosenkränze.

Er reichte ihnen einen Trinkhalm, und auf sein Geheiß hin tranken alle reihum Bier aus dem großen Krug und Honigwein aus dem kleinen.

»Euer großes Glück, dass ihr gekommen seid«, sagte Akayézu, »und ein noch größeres, wenn ihr behaltet, was ihr hören werdet.«

Er schob den großen Krug zur Seite, und die Jüngerinnen erblickten vor dem Baum etwas, das ganz so aussah wie eine alte, kauernde Frau, eingewickelt in ein dunkelblaues Tuch.

»Das ist ja Mukamwezi!«, rief Immaculata aus. »Wieso hast du diese Giftmischerin zu uns geführt?«

»Akayézu, du hast uns getäuscht«, heulten die Frommen im Chor, »du willst, dass die alte Hexe uns in ihre Gewalt bringt, wie sie es mit dir getan hat. Schnell, schnell, nichts wie weg von hier!«

»Nein, bleibt sitzen«, entgegnete Akayézu, »und vor allem hört mir zu.«

Zitternd rückten die Frauen so eng wie möglich zusammen. Die mutmaßliche Mukamwezi hielt ihr Gesicht hinter einer Ecke ihres Wickeltuchs verborgen.

»Wovor habt ihr Angst?«, fuhr Akayézu fort. »Mukamwezi und ich haben unsere Imana vereint, und zwar mit einem Blutpakt. Mukamwezis Imana spricht nun aus meinem Mund. Hört, was der Geist zu sagen hat!

Unser Ruanda hat keinen König, keinen Mwami mehr.

Der, der sich dafür ausgibt und sich ohne Recht den königlichen Namen Mutara angeeignet hat, ist nicht der Mwami der Ruander, sondern der Weißen. Als die seinen Vater vertrieben haben, hat er da nicht aus ihrer Hand die Trommel empfangen? Und haben unsere Weisen ihn etwa gemäß der Riten eingesetzt? Nein, er hat mit den Bazunguden Honigwein namens Champagner getrunken! Den Hügel, auf dem der Palast seines Vaters stand, hat er den Padri geschenkt, und wo man die unberührbaren Bäume verehren sollte, haben die ihre Kirche gebaut. Mutara selbst hat erklärt, der wahre König von Ruanda sei von nun an Yézu, und unsere heiligen Trommeln, die Wurzeln dieses Landes, wurden wie Gefangene vor die Statue dieses Yézu geschleift. Unser Ruanda braucht einen neuen Mwami, damit alles so wird wie früher.«

Mukamwezi erhob sich, und plötzlich kam sie den zu ihren Füßen sitzenden Frauen riesenhaft groß vor. Ihr Gesicht war faltenlos, und das Blitzen ihrer Augen ließ sie ihre Blicke senken.

»Ihr kennt mich, ich bin Mukamwezi, die Kibogos Geist Geweihte. Es war die Pflicht meiner Sippe, ein jungfräuliches Mädchen herzugeben, um den Imana von Kibogo zu ehren, der Ruanda gerettet hat. Das war die Ehre unseres Clans. Ich bin Kibogo immer treu geblieben, ich bin *seine* Gattin, nicht die von Akayézu, ich habe nie einen Mann gekannt, und Kibogos Geist besucht mich bald durch Zeichen, bald im Traum. Akayézu hat die Geschichten seiner Mutter gehört. Jetzt hört er aus meinem Mund Kibogo selbst. So, als wäre er mein Sohn. Also hört auch ihr mir zu: Die Padri predigen, ihr Yézu sei in den Himmel aufgestiegen, und weil er in den

Himmel aufgestiegen sei, käme er wieder. Sie sagen, der Himmel würde sich dann rot färben und der Blitz keinen verschonen, die Berge würden einstürzen und ohrenbetäubende Trompeten durch die Wolken schallen wie bei den Soldaten am Feiertag der Belgier. Das alles erzählen die Padri, aber ich habe Akayézu gefragt: Woran willst du glauben? An das, was die Padri sagen, oder an die Erzählungen deiner Mutter? Und ihr Frauen, was wollt ihr glauben? Das, was ihr im Religionsunterricht lernt, oder das, was Kibogos Geist mir offenbart hat? Ich sage euch: Kibogo ist in den Himmel aufgestiegen, und er wird zurückkehren. Von unserem Berg aus ist er in den Himmel aufgestiegen, auf unseren Berg kehrt er zurück. Und da, wo der Blitz ihn getroffen und in die Wolken geholt hat, da wird der Blitz ihn wieder absetzen. Sämtliche Trommeln des Donners werden Kibogo bejubeln, und Kibogo wird verkünden: ›Ich bin euer Mwami, der kommt, um Ruanda zu retten‹, und die Trommeln werden grollen, ohne dass einer sie schlägt, und die Menschen werden in die Hände klatschen: ›Ganza umwami!‹, werden sie rufen. ›Ganza Kibogo! Es herrsche der König! Es herrsche Kibogo!‹ Aber dafür – so hat es Kibogos Geist mir offenbart – muss Akayézu in den Himmel aufsteigen. Er muss Kibogo holen, und dadurch wird er selber ein Erlöser wie Kibogo werden, ein Umutabazi für unser Ruanda. Kibogo hat Akayézu erwählt, um ihm den Weg aus dem Himmel zu zeigen, Akayézu wird ihm den Weg durch die Wolken bahnen, die Gewitter herbeirufen und Kibogo zu unserem Hügel vorangehen. Das alles habe ich im Traum gesehen.«

Während Mukamwezi so sprach, rückten die Frauen immer dichter zusammen. Allein Immaculata wagte zu fragen:

»Und wann wird Akayézu in den Himmel geholt? Wann kehrt Kibogo zurück?«

»Wenn der Regen wiederkommt, und der ist nicht mehr weit. Ganz nah ist er, das weiß ich. Wenn das Gewitter losbricht – und zwar ein Gewitter, wie der Hügel es noch nie gesehen hat und dem man einen eigenen Namen geben wird –, dann steigen wir auf den Runani, zu der verbotenen Stelle auf dem Horn des Bergs, wo der Blitz Kibogo geholt hat, und du, Akayézu, wirst dort stehen, und ich, Mukamwezi, werde den Inkuba-Speer schwenken, den Blitzspeer, und wenn der Blitz es will und Kibogo es will, werden wir in die Wolken steigen, und der Blitz bringt uns zu Kibogo. Dann wird Kibogo in die Wolken herabsteigen, und wir treten ihm entgegen, und ich sage: ›Kibogo, höre uns an, wir sind zu dir heraufgekommen; ich bin deine Gattin, bin dir treu geblieben, und der da, Akayézu, ist bereit, seinen Platz vor den Wolken einzunehmen, um dir den Weg zu zeigen, und du, Kibogo, du wirst wiederkehren und Ruanda retten, du sollst unser neuer Mwami sein und die Padri und die übrigen Bazungu fortjagen.‹ Und währenddessen wartet ihr Frauen am Fuß des Berges darauf, den Mwami zu bejubeln, der aus dem Gewitterhimmel steigt, denn ein König muss in Ruanda von jubelnden Frauen empfangen werden.«

Immaculatas fest an Akayézu gehefteter Blick war verzückt, doch die anderen wandten sich ab, und Théréza, die in Kigali und Bujumbura zur Schande des Hügels das liderliche Leben einer »freien Frau« geführt und zwei Mischlingskinder von dort mitgebracht hatte, brummte laut genug, dass man sie hörte:

»Das ist Politik. Davon will ich nichts wissen. Wenn der Unterhäuptling hört, was ihr da ausheckt, schickt er seine

Polizisten, und wenn der Belgier es hört, schickt er die kongolesischen Soldaten aus Kigali, und wir kommen alle ins Gefängnis, und der ganze Hügel kriegt eine Geldstrafe oder Schlimmeres aufgebrummt.«

Schon wollte sie davonlaufen, doch Mukamwezi hielt sie mit der Macht ihres Blickes fest und zwang sie, sich wieder zu setzen.

»Wegrennen ist zwecklos«, sagte Mukamwezi, »bis hierher seid ihr Akayézu gefolgt, jetzt begleitet ihn auch bis ans Ziel – bis Kibogo wiederkommt. Drücken könnt ihr euch nicht mehr. Was ihr aus diesen Krügen da getrunken habt, war weder Bananenbier noch Honigwein, es war Igihango, das Geheimnis von Kibogo, das die Abiru trinken mussten, denen die Geheimnisse Ruandas offenbart wurden, und wenn sie Ruandas Geheimnisse verrieten, verwandelte sich das Igihango in Gift, und wenn ihr Kibogos Geheimnis verratet, fallt auch ihr auf der Stelle tot um. Ihr habt keine Wahl: Bejubelt Kibogo als neuen Mwami, oder geht zugrunde.«

Entsetzt schrien die Frauen auf, doch Immaculata rief:

»Ganza Kibogo! Ganza umwami! Es herrsche Kibogo! Es herrsche der Mwami!«

Und mit brüchigen Stimmen schlossen die zitternden Frauen sich dem Jubel an.

• • •

Als sich herumsprach, dass Akayézu in Mukamwezis Rundhütte am Fuß des Berges gezogen war, erhob sich lauter Protest:

»Jetzt hat unser verrückter Seminarist sich die alte Hexe zur Frau genommen, bestimmt hat der Teufel die beiden vermählt, oder die Geister! Das verheißt nichts Gutes für unseren Hügel.«

Und man beäugte die Frauen, die das Paar täglich besuchten, ihm Bierkrüge, Bananen und Bohneneintopf brachten:

»Habt ihr seine Konkubinen gesehen?«, hieß es. »Dass die sich nicht schämen! Die humpelnde Immaculata, die Yézu abgeschworen hat, und diese Idiotin, die glaubt, Akayézu hätte ihre Tochter auferstehen lassen, und die freien Frauen, die aus Kigali ihre Bastarde und tausend Krankheiten angeschleppt haben – und dann prostituiert dieser Gefallene auch noch seine Schwestern, sogar Imelda, die Jüngste, die gerade mal fünfzehn ist!«

Der Katechet war der Meinung, man müsse diesen Skandal den Padri oder dem Unterhäuptling anzeigen, doch die meisten fanden, das brächte dem Hügel nur Ärger ein. Man würde ihnen bloß vorwerfen, sie steckten mit den Hexern unter einer Decke. Klüger war, man stellte sich blind.

Die Kinder setzten ein garstiges Gerücht in die Welt, das die abendlichen Erzählrunden und die um Bierkrüge versammelten Gesprächskreise beschäftigte. Sie behaupteten, als sie wie üblich Immaculata nachgelaufen und ihre Gesänge angestimmt hatten, mit denen sie das Hinkebein als Verrückte und Gespielin des Teufels verspotteten, hätten sie gehört, wie diese murmelte:

»Ihr Ahnungslosen, wenn ihr wüsstet, was ich weiß! Doch das werdet ihr erst erfahren, wenn Er wiederkommt, und Er kommt mit dem Regen wieder.«

Diese Hochzeit von der, die Kibogos Geist geweiht war, und dem, der das Wissen der Padri gestohlen und darüber den

Verstand verloren hatte, konnte nach der Ansicht vieler nur großes Unheil bedeuten.

Und so mischten sich unbestimmte Sorgen in die Ungeduld, in der man stets den ersten Regen erwartete.

...

Die Regenzeit begann in jenem Jahr mit einem derart heftigen Gewitter, dass sogar die Männer panisch Yézu und Maria um Schutz anflehten – und Ryangombe und Kibogo und sämtliche wohl- und übelwollenden Geister. Die einen schwenkten Rosenkränze, die anderen Kürbis-Rasseln und Warzenschweinhauer oder sogar die Zähne ihrer Ahnen. Die Kinder weinten in den Armen ihrer Mütter, die, um sie zu trösten, unter Tränen uralte Wiegenlieder sangen. Die Wolken verschlangen den Runani und machten ihn zu einem Berg, der vor Schatten und Feuer grollte. Drei Tage lang gingen Donner, Blitz, Hagel und sintflutartiger Regen auf den Hügel nieder. Schlammfluten strömten die Hänge hinab und rissen mehrere Hütten mitsamt ihren Bewohnern mit, andere vom Sturm Gebeutelte fanden sich hinterher ohne ihre vier Wände wieder.

Als das Gewitter weiterzog, um andere Hügel zu verwüsten, stellten wir fest, dass Mukamwezis Bruchbude von einer Felslawine zermalmt worden war und dass der in die alten Bäume des heiligen Walds gefahrene Blitz obendrein Akayézus Hütte in Brand gesetzt und nur ein Häuflein Asche hinterlassen hatte. Wir nahmen an, die beiden wären ebenfalls den Felsen und Flammen zum Opfer gefallen, doch es fand sich keine Spur von ihren Leichen.

Wie schon so oft nach zahlreichen anderen Unglücken, bauten wir die Lehmmauern wieder auf und bettelten beim Unterhäuptling und der Missionsstation um Blech. Der Unterhäuptling versprach, dem Verwalter eine entsprechende Anfrage zu übermitteln, und übertrug den delikaten Auftrag seinem Sekretär, der murrte, er habe schon so viele solcher Schreiben zu verfassen, aber eine Kiste Bier würde ihm womöglich helfen, die nötige Zeit und das Papier dafür zu finden. Die Padri spendeten einige Säcke Bohnen und zwei Kisten Milchpulver für die Babys. Zufrieden merkten sie an, das Backsteingebäude der Niederlassung habe den Sturm unbeschadet überstanden – ein klarer Beweis dafür, dass Yézu und Maria es wie durch ein Wunder gerettet hätten und man ihnen dafür danken sollte. Die noch immer auf ihren Abscheulichkeiten beharrenden Heiden dagegen waren schwer getroffen worden. Der Padri fügte hinzu, eines Tages müsse man nun aber wirklich eine Madonna auf dem Berggipfel aufstellen, um die Menschen vom Hügel und ihre Nachkommen an die Gnade zu erinnern, die Maria ihnen erwiesen hatte und weiterhin erweisen würde, solange sie nur aufrichtig zu ihr beteten.

Der Kreis der Frommen um Akayézu löste sich auf und wollte am liebsten vergessen werden. Es hieß, Immaculata habe sich den Padri zu Füßen geworfen und sie um Vergebung angefleht. Lange kniete sie vor der Pforte der großen Missionskirche, ohne dass die Missionare sie einließen. Schließlich aber war der Leiter der Niederlassung auf dem Hügel bereit, ihr die Beichte abzunehmen, und nachdem sie öffentlich Abbitte geleistet hatte, betraute man sie (vielleicht nur, um sie besser im Auge zu behalten) mit der Pflege des

Hühner- und des Schweinestalls der Mission. Einige behaupteten, sie habe sich sogar auf dem Beichtstuhl noch vorgeworfen, oftmals der Versuchung zu erliegen, den Blick zum Gipfel des Runani schweifen zu lassen, doch das war zweifellos Verleumdung, denn welches gotteslästerliche Ohr würde belauschen, was die Sünderin dem Beichtvater gesteht!

Die freien Frauen gingen mit ihren Bastarden zurück nach Kigali, wo sie hofften, noch einmal ihre verblühten Reize feilbieten zu können. Es dauerte lange, bis man wieder etwas von ihnen hörte.

Die Missionare überzeugten die Benebikira-Schwestern davon, Mathilda und Imelda – Akayézus Schwestern, die sich nicht mehr zu ihrem Vater wagen durften – in den Orden aufzunehmen, um ihre armen, von ihrem unseligen Bruder irregeleiteten Seelen zu retten. Im Konvent lernten sie kochen und nach der Mode der Entwickelten zu schneidern. Die Novizinnen spielten ihnen übel mit, ließen keine Gelegenheit aus, die beiden Teufelinnen zu schlagen, um ihnen den Dämon auszutreiben, von dem sie angeblich noch immer besessen waren. Schließlich wurden die beiden als Dienstmädchen in die Familien belgischer Entwicklungshelfer geschickt, doch es heißt, Imelda habe später einen jungen Adventisten-Pastor aus Amerika geheiratet, zur Empörung des ganzen Konvents.

Angélina, »die Wundergeheilte«, wurde nach dem korrekten Ritus neu getauft, doch setzte ihre Mutter immerhin durch, dass sie den von Akayézu verliehenen Namen behalten durfte. Als die Kleine das fünfte Lebensjahr erreicht hatte, machte das Gerücht die Runde, sie habe dank der doppelten Taufe – aber vor allem dank der von Akayézu – gewisse Wunderkräfte geerbt, und wenn sie die Hand auf die Wehwehchen ihrer Spielkameraden legte, verheilten diese im Handumdrehen. Bald suchte man die kleine Heilerin auf, wann immer ein Kind schlimm gestürzt war oder sich im ungeschickten Umgang mit einer viel zu großen Hacke verletzt hatte. Und Angélinas Mutter verdiente gut daran.

Ob es nun der immer noch den Heiden zürnende Umuzimu von Yézu war oder die über mangelnde Verehrung verärgerten Geister der Ahnen: Alle waren sich einig, dass nur ein wahrhaft mächtiger Geist ein solches Unwetter hatte auslösen können. Niemand wusste mehr, was zu tun war. Ja, wir beklagten plötzlich sogar Akayézus Verschwinden. Er, der so viel wusste, hätte sicher einen guten Rat gehabt, trotz seines Wahnsinns.

· · ·

Einige Zeit nach dem großen Gewitter erzählten ein paar Jungen allen, die zuhörten, eine seltsame Geschichte. Sie waren zu dritt: Kabwa, Gatwa und Gahene, die Lausbuben des Hügels, allzeit bereit, sich böse Streiche auszudenken, um die ehrwürdigen Matronen zu ärgern, Flunkereien zu erfinden, um leichtgläubige Mädchen zu erschrecken, oder die übelsten Lästereien zu verbreiten, um Zwist unter Nachbarn zu stiften. Niemand konnte ihren Missetaten Einhalt gebieten. Ihre Väter waren in die Minen von Katanga gegangen, und man hörte schon seit Langem nichts mehr von ihnen. Zweifellos waren sie im Zauberbann der Kongolesinnen gefangen. So herrschten unsere drei Tunichtgute als alleinige Herren und Meister ihrer Gehöfte über Mütter, kleine Brüder und Schwestern. Die untersten Hänge des Runani waren ihr bevorzugter Schlupfwinkel, denn aufgrund des Tabus, das auf dem Berg lag, wagte niemand, sie von dort zu vertreiben. Hier versteckten sie ihre Beute und genossen seelenruhig die Früchte ihrer Diebeszüge: Maiskolben, Erdnüsse, Zuckerrohr, Bananen … und sogar bunte Bonbons, die sie aus dem Laden des Swahili mitgehen ließen oder den kleinen Töchtern der Entwickelten, des Krankenpflegers und des Agronoms, abknöpften.

Trotz der vielen Flausen in ihren Köpfen hatten sie sich bislang allerdings nie auf den Gipfel des Berges getraut, zumal sie nicht recht wussten, wie viel Glauben man den Legenden schenken sollte, die besagten, Kibogo sei von dort in die Wolken geholt worden und wer sich leichtfertig hinaufwagte, würde vom Blitz getroffen – oder in der Trockenzeit von einer Windhose fortgerissen.

Nach langem Zögern und Diskutieren beschlossen die drei Bengel jedoch, sie seien inzwischen zu alt, um noch an die Märchen ihrer Mütter und das Gefasel der Alten zu glauben, die immer nur in Sprichwörtern sprachen. Sie wollten hinauf und sich selbst ein Bild davon machen, was sich hinter der Sache verbarg.

»Vielleicht«, sagte Gahene, »haben die Weißen, die vor den Belgiern hier waren, da oben auf der Flucht ihren Schatz gelassen. Vielleicht haben sie säckeweise Rupien dort vergraben, Münzen mit dem Bild von ihrem König und seinem Federhelm, ich hab die schon gesehen, die Belgier kaufen sie, die sind echt wertvoll.«

»Nein«, widersprach Kabwa, »eher liegen da die Knochen von einem alten Mwami begraben, vielleicht die von Kibogo. Die Bazungu buddeln aber auch nach Totenschädeln und

Knochen. Keine Ahnung, was die damit anstellen, essen vielleicht? Wenn wir denen einen Knochen zeigen, kriegen wir bestimmt eine schöne Belohnung.«

»Oder«, schlug Gatwa vor, »da wohnt irgendein Biest, ein Affe, dreimal so groß wie ein Mensch, ich hab gehört, so welche gibt's auf dem Vulkan Muhabura. Und die Weißen mögen Affen! Wenn wir denen so einen zeigen, regnet es Knete, Amafranga!«

Die Geschichte, die die drei Taugenichtse nach ihrer Rückkehr noch immer schlotternd vor Angst erzählten, machte im Laufe weniger Abende auf dem ganzen Hügel die Runde und wurde dabei sicherlich noch kräftig ausgeschmückt.

Bei klarem Himmel waren sie zum Gipfel aufgebrochen, doch kurz vor dem Kamm hatte sie plötzlich eine dichte Wolke umfangen. Gatwa und Gahene sagten: »Man sieht ja die Hand vor Augen nicht, besser, wir kehren um, sonst stürzen wir noch ab, und außerdem wisst ihr ja, was man über Kibogo und seine Wolke sagt, findet ihr diese Wolke nicht auch ziemlich komisch?« Doch Kabwa ließ nicht locker: »Ihr fürchtet euch vor einer Wolke?! Glaubt doch nicht den Geschichten von Kibogo, die uns die alten Weiber erzählen. Wir sind doch keine Kinder mehr. So kurz vorm Gipfel geben wir nicht auf. Ihr Angsthasen!« Im Gänsemarsch zogen sie weiter, je eine Hand auf der Schulter des Vordermanns, um einander nicht zu verlieren. Kabwa ging voran. Es war, als wollten die wattigen Nebelschwaden sie unter sich begraben, sie nahmen seltsame, flüchtige Formen an, die sich beim Näherkommen in ungreifbare Flocken auflösten.

An dem Punkt angekommen, den sie für den Gipfel hielten, glaubten sie jedoch eine Kontur zu erkennen, die sich nicht im Nebel auflöste, sondern beim Näherkommen stärker abzeichnete, beinah menschlich wirkte. Kabwa erklärte, er habe eine uralte, klapperdürre, in Lumpen gehüllte Frau gesehen, deren Augen glommen wie die Glut, auf der man Maiskolben brät. Seine Freunde widersprachen, sagten, die Erscheinung habe gar nichts Menschliches gehabt und sie hätten, als sie zwischen den Fingern hindurchspähten (sie hatten sich die Hände vors Gesicht gehalten, damit der Dämon sie nicht erblinden ließ), eher geglaubt, ein Skelett zu erblicken, an dem ein paar Fetzen vertrockneter Haut hingen. Einig waren sie sich aber, dass sie es mit einem Umuzimu zu tun gehabt hatten, einem Gespenst, und keinem lebenden Wesen.

Das vermeintliche Gespenst war auf sie zugetreten, und sie wollten schon Reißaus nehmen, so schnell ihre Beine sie trugen, als die Stimme des Umuzimu sie festhielt wie das Netz eines Jägers:

»Wo lauft ihr hin, ihr kleinen Schlawiner? Was habt ihr hier verloren? Wisst ihr nicht, dass dieser Ort verboten ist? Wer weiß, welches Unheil ihr euch damit einbrocken werdet – und dem ganzen Hügel, fürchte ich.«

»Wir sind doch nur Kinder«, sagte Kabwa, »wie hätten wir das wissen sollen?«

»Halt den Mund, du kleiner Lügner! Ich weiß genau, wer ihr seid, ihr drei … Und du, weißt du auch, wer ich bin? Mir scheint, ihr habt mich alle erkannt.«

»Ich glaube«, stammelte Gahene, »ich glaube, du könntest Mukamwezi sein, oder eher ihr Umuzimu.«

»Dann wird es wohl so sein, aber jetzt hört alle drei gut zu, was ich euch sage, und erzählt es dann dem ganzen Hügel, ohne irgendetwas auszulassen oder beizufügen. Als das große Gewitter kam, sind Akayézu und ich auf den Gipfel des Runani gestiegen, auf dem auch ihr jetzt steht. Dort suchten wir Kibogo, der Ruanda gerettet hat. Wir hofften, ihn in der Wolke zu finden, hofften, er wäre zurückgekehrt, um Ruanda noch einmal zu retten. Also sind Akayézu und ich in die große Wolke getreten, die den Berg umhüllte. Ich kann euch gar nicht sagen, wie viele grelle Blitze darin zuckten, wie der Donner lauter als tausend Trommeln grollte. Der Blitz hat mich geblendet, und der Donner hat mich taub gemacht. Und doch erkannte ich mit meinen blinden Augen, wie der Blitz Akayézu angezündet hat wie eine Heufackel, und mit denselben blinden Augen – ja, ganz ehrlich – sah ich, wie er in den Himmel aufgestiegen ist, auf einem Wirbel aus Flammen. Daher weiß ich, dass Akayézu jetzt jenseits der Wolken bei Kibogo ist und dass er auf den Wolken mit ihm wiederkehren wird, um wieder und wieder unser Ruanda zu retten. Sagt das allen auf dem Hügel, erzählt ihnen diese Geschichte, sie sei euer Talisman, der euch vor dem Fluch bewahrt, den euer Kommen euch sonst eingebracht hätte. Ich, Mukamwezi, werde hier oben auf den Tod warten, er ist schon nah, ich sehe ihn mit meinen blinden Augen, er trägt die Züge von Kibogo. Und ihr, lauft, schnell, nehmt die Beine in die Hand und flieht, damit er euch nicht auch kriegt, denn der Tod ist unersättlich.«

Als die Jungen ihre Geschichte erzählten, verbot man ihnen den Mund, sagte, solche Dinge müsse ja nicht jeder hören und sie sollten das alles besser schnell vergessen. Der Katechet drohte, sie alle drei dem Padri zu melden; ihre Geschichte hatte ihnen eindeutig Satan eingeflüstert, der Fürst der Lügner, denn weder Kibogo noch Akayézu würden auf den Wolken wiederkehren, sondern niemand außer Yézu: Andere Geschichten gab es nicht.

Trotzdem wurde die verbotene Geschichte Akayézus von einigen Erzählerinnen übernommen. Sie verwebten sie mit der Legende von Kibogo zu einer Mär, die sie stets bis ganz zum Ende der abendlichen Runden aufsparten, für die wenigen Frauen, die dem Schlaf noch widerstanden, während die Männer neben ihren leeren Krügen schlummerten. Und manchmal saß da unbemerkt zu Füßen der Erzählerin ein kleines Mädchen, das sich geweigert hatte, wie die anderen einzuschlafen, und das jetzt, ohne sie richtig zu verstehen, die verzauberten Worte dieser Mär in sein Gedächtnis aufnahm.

KIBOGO

Bazungu wie die, die in jener Trockenzeit ankamen, hatten wir noch nie zuvor gesehen.

Dabei hatten wir schon viele Bazungu auf dem Hügel gehabt, und von jederlei Sorte. Zunächst die Padri, von denen man meinen konnte, sie wären immer schon da gewesen: den, der manchmal zur Niederlassung kam, um eine Messe zu lesen oder reuigen Sündern die Beichte abzunehmen, und außerdem die von der großen Mission. Irgendwann hatten wir uns so an die bärtigen Alten gewöhnt, dass wir sie gar nicht mehr als richtige Weiße ansahen. Nicht mal ihre seltsame Aussprache des Kinyarwanda brachte uns noch zum Lachen, sie waren eben die Padri. Dann aber kamen die neuen Padri, die jungen, frisch gelandeten, die sich in einer ganz anderen Sprache als die alten unterhielten und für uns immer Bazungu blieben. Sie sagten, sie seien eigens nach Ruanda gekommen, um den Armen zu helfen, den Schäfchen des Herrn, und dass ihr Yézu diejenigen nicht liebte, die ihre großen Rinderherden ganz für sich allein behielten; und die Häuptlinge, die das elende Volk ohne Bezahlung schuften ließen, die hasste er sogar. Die alten Padri hatten an ihren Schulen Intore-Gruppen gegründet, die neuen stellten Fußballmannschaften auf. Die Intore-Tänzer tanzten oben ohne und mit Sisalmähnen wie die alten Krieger, die Fußballer trugen kurze Hosen und halbärmelige Hemden wie kleine Bazungu.

Und es gab jene Bazungu, die den Bauern beibringen wollten, wie man ein Feld bestellt: die Agronomen. Sie sagten, sie wollten sie lehren, das genauso wie sie zu tun, weil die armen Bauern nicht mal wüssten, wie man in ordentlichen Reihen sät, man es so aber machen müsse. Und dass man nicht alles durcheinander pflanzen, die Bohnen nicht an den Maishalmen – oder schlimmer: den Bananenstauden – hochwachsen lassen dürfe. Das gehöre alles getrennt: jedem seine eigene Parzelle! Außerdem stünden auf den Plantagen viel zu viele Bananenstauden, sagten sie, die müssten »gelichtet« werden. Also schnitten die armen Bauern ihre Stauden ab, und sogar – mit Wut im Herzen – die Intuntu, die man zum Bierbrauen brauchte. Vor allem aber sei es unbedingt nötig, Kaffee anzubauen. Die Kaffeesträucher erforderten jede Minute Arbeitszeit und fast allen Platz, sodass die Bohnen und Süßkartoffeln, unsere tägliche Nahrung, vernachlässigt wurden. Alles, was bisher zum Düngen der guten Pflanzen aufgespart worden war – die Sorghumhalme und trockenen Bananenblätter –, kam fortan dem Kaffee zugute. Für alle, die sich daran nicht hielten, hagelte es Bußgelder, wenn nicht gar Hiebe mit der Nilpferdpeitsche. Doch der Agronom war nicht mal der Schlimmste. Der Schlimmste war der ruandische Aufseher, der seinem Herrn wie ein Hündchen an den Fersen hing. Hochmütig sah er auf alle anderen herab. Wie sollte er diesen ungebildeten Bauern nur einbläuen, was der Agronom von ihnen wollte? Der Aufseher trug Stiefel, die Bauern gingen barfuß.

Dann gab es noch die Bazungu, die im Auto vorbeifuhren. Wir hatten keinen Schimmer, was sie auf unsere elende Straße verschlug, und jedes Mal wurde hinterher noch lang davon gesprochen: »Habt ihr die Bazungu gesehen, die neulich vorbeigefahren sind?« Seltener hielten sie auch mal kurz an, stiegen aus und machten Fotos von einem Mädchen mit Krug auf dem Kopf. Erschrocken lief die Kleine dann davon, ihr Krug fiel zu Boden und zersprang, und sie verlor den Fetzen Stoff, der kaum ihren kleinen Po bedeckte. Die kleinen Jungs liefen herbei und riefen: »Muzungu! Muzungu!«, worauf der Weiße in sein Auto sprang und wie der Wind davonbrauste. Und der Vater des Mädchens prahlte: »Die Bazungu wollten meine Tochter rauben, aber als sie sahen, wie ich mit meinem Stock ankam, haben sie sich schleunigst aus dem Staub gemacht.«

Eines Tages kamen Weiße, um die alten Bäume zu fotografieren. Sie maßen allerhand aus und notierten es in ihre Hefte. Fragten den Katecheten, der ein wenig Französisch sprach, was er über das Wäldchen oben auf dem Hügel wusste. Der Katechet erklärte, das habe mit heidnischen Zeiten zu tun und niemand steige da je hinauf. Damit waren die Bazungu offenbar zufrieden. Sie schrieben alles auf. Uns erzählte der Katechet hinterher, er habe sie so verstanden, dass sie dort eine Krankenstation bauen wollten. Heute steht auf dem Hügel kein einziger Baum mehr. Stattdessen eine Statue der Jungfrau.

Die Ankunft jener neuen Sorte Bazungu kündigte uns der Unterhäuptling an:

»Weiße werden euch besuchen«, sagte er, »große Bwana,

vor allem einer von ihnen, der ist extra aus Europa gekommen, um euch zu sehen, nur euren Hügel. Ein Gelehrter ist der, den müsst ihr mit Herr Professor anreden, verstanden? Nicht mit Chef, sondern nur mit Herr Professor. Er will eure Alten sehen, die sollen ihm Geschichten von früher erzählen – von ganz früher, von vor Musinga und den Belgiern, aus den Zeiten von Ruganzu Ndori oder Gihanga oder Adam und Eva, was weiß ich. Ihr habt hier doch Alte, oder? Solche, die noch diese Imigani kennen, die Ammenmärchen, die man sich früher in den Abendstunden erzählt hat. Die will er alle hören, der Professor. Nächste Woche kommt er. Zeigt mir eure Alten, jetzt sofort, ich will sehen, ob sie noch ein bisschen Gestammel zuwege bringen.«

Solche Alte gab es nicht mehr viele auf dem Hügel. Die meisten waren gestorben – an Altersschwäche, aber auch an Tuberkulose, Malaria und all den übrigen Krankheiten der Alten. Bloß Karekezi und Gasana waren noch übrig, aber die waren doch wirklich *zu* alt. Kein Mensch verstand, was die erzählten: Sie stammelten und nuschelten, brachten alles durcheinander und wiederholten hundertmal dasselbe. Nur die Kinder hörten noch auf ihr Gefasel, denn sie fanden es lustig und äfften gern die Liedchen der beiden Alten nach. Außerdem waren die zwei noch halbe Heiden. Würden die Weißen denn wirklich Heiden zuhören wollen?

»Wunderbar«, hatte der Unterhäuptling gesagt, »die sind genau die Richtigen: Greise, die noch halbe Heiden sind und uralte Märchen wiederkäuen, das suchen die Bazungu, deswegen kommen sie. Und noch aus einem anderen Grund: Sie sagen, auf dem Hügel, da oben, wo die Marienstatue steht, sei etwas verborgen, ich hab auch nicht recht verstanden, was diese Leute in Astrida meinten, das Grab einer Königin, eine Viehtränke, keine Ahnung, und sie glauben auch, auf dem Gipfel eures Runani wäre früher irgendwas Komisches mit einem gewissen Kibogo passiert. Habt ihr davon gehört?«

Selbstverständlich hatten wir von Kibogo gehört, auch wenn wir die Geschichte hätten vergessen sollen. Wirklich beunruhigend war allerdings, dass die Bazungu von Kibogo wussten. Wer mochte ihnen von ihm erzählt haben? Offenbar klebte diese Geschichte an uns fest. Vielleicht hatten wir das dem kleinen Gauner Kabwa zu verdanken, der es irgendwie auf die Mittelschule geschafft hatte, während seine Freunde Gatwa und Gahene im Dorf geblieben waren. Kabwa erzählte überall herum – vor allem bei den Weißen –, er hätte zu Hause, auf einem Berg namens Runani, das Gespenst einer Hexe gesehen, und außerdem Skelette und einen Haufen Knochen, ob von Tieren oder Menschen könne er nicht sagen, und seine Großmutter würde seltsame Geschichten über diesen Berg erzählen: über einen gewissen Kibogo, der von dort in den Himmel aufgestiegen sei, und von anderen, die aus den Wolken kamen oder von ihnen abgeholt wurden. Ein junger Lehrer aus Belgien fand das rasend interessant. Bei uns erzählt man so was auch, erklärte er Kabwa. Auf dem Mond, in den Sternen, gebe es todsicher Lebewesen, die man Außerirdische nenne, und diese Himmelsbewohner kämen seit geraumer Zeit herunter auf die Erde und entführten sogar Menschen. Zweifellos sei das auch Kibogo widerfahren. Also erbot sich unser Schlauberger, den Lehrer auf den Gipfel des Runani zu führen, wenn der ihm dafür neue Schuhe kaufte. Der Entwicklungshelfer wollte dort oben eine Nacht verbringen und den Himmel beobachten. Kabwa wickelte sich in die von seinem Lehrer mitgebrachte Decke und schlief ein. Am Morgen verkündete der Lehrer, er habe die ganze Nacht gewacht und seltsame Lichter gesehen. Kabwa erzählte das schnurstracks weiter und schmückte es noch kräftig aus. Am nächtlichen Himmel, so erklärte er seinen verblüfften Kameraden, hätten sie eine riesige, hell beleuchtete Maschine gesehen, die eines nahen Tages Kibogo auf die Erde zurückbringen würde. Dieses Märchen kam schließlich dem Rektor zu Ohren, der den Lehrer umgehend einbestellte und ihn scharf dafür tadelte, die naive Bevölkerung mit seinen Hirngespinsten zu verderben – vor allem diese jungen Leute, in welche die ebenfalls junge ruandische Kirche die allergrößten Hoffnungen setzte. Er sehe sich daher außerstande, den Vertrag des Lehrers für das nächste Schuljahr zu verlängern, und wies ihn strikt an, nie wieder etwas über Außerirdische zu faseln, schon gar nicht vor seinen Schülern. Kabwa wurde der Schule verwiesen und kehrte zurück auf den Hügel, wo er mit seinen beiden Freunden bald neue Schandtaten aussheckte.

Der Unterhäuptling bestand darauf, die erwähnten Greise zu sehen. Er wollte ihnen erklären, dass Professoren extra aus Europa anreisten, um sie zu treffen – und vor allem, um die alten Geschichten aus vergangenen Zeiten zu hören, die nur sie beide noch kannten.

»Was wollen diese Bazungu von mir?«, stutzte Karekezi. »Kennen die mich denn? Kenne ich sie? Und warum sollte ich sie kennenlernen? Wegen meiner Geschichten? Selbst, wenn ich mich noch daran erinnere, interessieren die ja hier schon keinen, warum sollten sie dann die Bazungu interessieren? Wenn die sich auch nur lustig machen wollen über einen armen alten Mann, hab ich ihnen nichts zu sagen.«

Er beschloss seine Tirade mit einem Schwall brauner Kautabakspucke.

»Die Bazungu fahren sicher nicht über das Meer und bis zu deinem Hügel, um sich über dich lustig zu machen. Die Geschichten, an die du dich erinnerst, wollen sie aufschreiben und i Burayi bringen, nach Europa, und sie in ihr Buch tun.«

»Die wollen aufschreiben, was ich erzähle? In ein Buch, so eines wie die Bibel?«

»Aber ja, Großvater, alles, was du sagst, kommt in ihr Buch, sogar mit deinem Namen: Karekezi. Kannst du deinen Namen lesen?«

»Lesen und schreiben! Mehr nicht, aber das reicht. Hältst du mich etwa für einen Wilden? Aber guck doch, wie ich angezogen bin. Noch schlimmer als ein Wilder. Meine Hose ist völlig zerlöchert, nur ein Faden hält die noch zusammen, und eine andere habe ich nicht. Mein Hemd hat keine Farbe und keine Knöpfe mehr. Was sollen die Bazungu denken, wenn sie mich so sehen? Die werden sagen: ›Die Ruander kümmern sich nicht um ihre Alten und lassen sie im Elend sterben.‹ Was für eine Schande für das ganze Land.«

»Großvater, wir kaufen dir ein schönes Hemd und ein blütenweißes Wickeltuch, damit du uns bei den Professoren alle Ehre machst.«

»Ich hätte lieber eine Hose.«

»Nein, es ist besser, wenn du dich den Besuchern im Tuch zeigst. Du bist ein alter Mann, also zieh dich an wie einer. Aber wenn du den Professoren erzählst, was sie hören wollen, kaufen wir dir hinterher eine Hose für die Hochzeit deiner Urenkel.«

»Und ein Agacupa, ein paar Scheine? Wenn die Professoren schöne Geschichten wollen, sollen sie mir Amafranga dafür geben, die Weißen sind schließlich reich, und die da müssen stinkreich sein, wenn sie von so weit herkommen wegen eines alten Mannes.«

»Du bekommst dein Geld: Wenn die Weißen etwas wollen, zahlen sie gut, und sie wollen deine Geschichten.«

Danach ging der Unterhäuptling zu Gasana und versprach ihm dasselbe.

»Ich habe alles vergessen«, sagte Gasana, »aber ich will ihnen etwas erzählen. Dann kommt auch mein Name ins Buch der Bazungu.«

. . .

Eine Woche später kamen die neuen Bazungu in einem großen Land Rover. Sie waren zu viert, begleitet von zwei jungen Ruandern. Der Gemeindekommissar, der ihnen als Guide diente, beeilte sich, dem bedeutenden Bwana die Tür aufzuhalten, den man laut Empfehlung des Gemeinderats stets mit Herr Professor anzusprechen hatte. Ein wenig enttäuschend war, dass der große Professor keine ordentliche Hose trug, sondern Kakishorts wie die Kabutura der Schulkinder, nur etwas länger, bis zu den Knien, und dazu weiße Socken, die über die Waden gingen, ohne jedoch an die Shorts zu reichen. Die dicken Knie des Professors fanden wir abstoßend. Seine Weste allerdings gefiel uns wegen ihrer zahllosen Taschen außerordentlich. Über seinen Hut mit hochgedrehter Krempe staunte niemand. Auch der Agronom, der sich vor den Aufsehern gern damit brüstete, ganze Büffel- und Elefantenherden abgeknallt zu haben, trug so einen: einen Safarihut. Außerdem fiel uns auf, dass der Bart des Professors deutlich kürzer war als die Bärte der Missionare. Ob das etwas zu bedeuten hatte, wussten wir allerdings nicht. Seine Begleiter sprangen hinten aus dem Auto: zwei junge Männer und eine junge Frau, in etwa so gekleidet wie ihr Chef. Über die Hose der Frau wurde ausgiebig gelästert; Hosen trugen sonst nur »freie Frauen«, Sinebwana, Frauen-ohne-Mann. Wir freuten uns, dass die beiden Ruander, gekleidet in Anzug und Krawatte wie bei einer Hochzeit, unser Land würdig vertraten.

Nachdem der Professor ebenso herzlich wie höflich das Willkommenskomitee begrüßt hatte, ließ er einen seiner Ruander fragen, ob er gleich schon die beiden Alten aufsuchen könne, um die geplante Befragung vorzubereiten. Er wolle gern sofort das nötige Vertrauen herstellen, um in einem entspannten, aber mit gebotener wissenschaftlicher Strenge geführten Gespräch all die historischen Schätze zu bergen, die ihr Gedächtnis noch bewahrte. In schulmeisterlichem Ton ergänzte er: »Auch schriftlose Kulturen haben ihre Bibliotheken.« Das Gefolge des Professors pflichtete diesen Worten leidenschaftlich bei. Einer der jungen Ruander schrieb sie eifrig in sein Heft. Und der verlegen wirkende Kommissar merkte an, die Gemeinde habe ja vor, eine Bibliothek einzurichten, er warte nur noch auf die Bücher. Der Gemeinderat flüsterte ihm etwas ins Ohr. Darauf hüstelte der Kommissar ausgiebig und wandte sich dem Professor zu:

»Verehrter Herr Professor, gestatten Sie mir zu bemerken,

dass es vielleicht, ähm, wenn Sie erlauben … Also, mir scheint, es wäre vielleicht doch klüger, Ihren Besuch bei unseren Ältesten auf morgen zu verschieben, nur bis morgen. Die beiden wissen noch nicht, dass Sie hier sind, sie sind noch nicht vorbereitet, und eine so wichtige Person wie Sie in ihrer bescheidenen Hütte zu empfangen, das könnte ein Schock für sie sein, sie sind eben tatterige Greise, das ganze Dorf passt auf sie auf, aber man muss sie schonen. Wir werden ihnen alles erklären, damit sie auch richtig verstehen, was Sie von ihnen wollen, und dass die Gelegenheit, mit Ihnen zu reden, eine Ehre für das ganze Land ist. Wir werden uns um alles kümmern und einen passenden Ort auswählen, wo die beiden Ihnen ungestört ihre Geschichten erzählen können.«

»Na schön«, lenkte der Professor ein, »dann eben erst morgen. Aber bestellt euren Ältesten, dass wir es gut mit ihnen und Ruanda meinen. Ein neues Land wie das eure findet sein Fundament nur in der wissenschaftlichen Erkenntnis seiner Vergangenheit. Und um keine wertvolle Zeit zu vergeuden, könnten wir vielleicht für eine erste Untersuchung zum heiligen Wald gehen.«

Einer der ruandischen Begleiter (wir hatten inzwischen erfahren, dass sie Studenten von der Universität Astrida waren, Schüler der drei Europäer, die offenbar ihrerseits die Schüler des Professors waren) übermittelte die Bitte an den Gemeinderat. Der wirkte betreten:

»Zum Kigabiro? Also, ähm, den gibt es nicht mehr, die Bäume sind alle gefällt, tot, die waren schon sehr alt …«

»Wie, gefällt?«

»Das werden Sie alles noch hören«, warf der Kommissar ein. »Es ist spät, Herr Professor, Sie sollten zurück zum agronomischen Institut, bevor es dunkel wird, und ich muss wieder in die Gemeinde.«

»Na gut, na gut«, gab der Professor sichtlich verstimmt nach, »dann eben morgen.«

Wir fragten uns, wieso die neuen Bazungu im agronomischen Institut untergebracht waren, statt in der viel näher am Hügel liegenden Mission, wo unsere seltenen Besucher sonst wohnten. Diese neuen Bazungu machten wirklich alles anders als die anderen.

Der ganze Abend und ein Teil der Nacht wurden darauf verwendet, die beiden Alten vorzubereiten. Trotz heftigen Protests erlaubten sie schließlich doch, dass ihre Urenkelinnen sich ihrer Körperpflege annahmen. Unter den Wasserkrügen, die die Mädchen über ihnen ausgossen, zappelten, zitterten und stöhnten sie wie durch den Sumpf spukende Totengeister. Und da man ohnehin schon mit ihm umsprang wie mit einem Mädchen vor der Hochzeit, verlangte Gasana auch ein paar Tropfen Amarachi, eins der Parfüms, die eine seiner Schwiegertöchter heimlich beim Pakistani kaufte, wie er sehr wohl wusste. Karekezi verfluchte alle Bewohner des Hügels und seiner Umgebung und schwor, diese Bazungu-Ungeheuer würden kein Wort aus ihm herausbekommen. Wir trockneten ihre alten, schrumpeligen Leiber mit Grasbüscheln, Ishinge, ab. Wir wickelten sie in graue Decken, wie sie die Zamu haben, die in Kigali die Villen der Reichen bewachen. Dann teilten die zwei sich mit den Würdenträgern einen Krug Bananenbier, und jeder bekam ganz für sich allein eine Flasche Primus, die der Kommissar ihnen dagelassen hatte. Da freuten sich die beiden sehr: Sie erzählten Geschichten, und sie sangen. Wir sagten: »Nein, noch nicht, hebt euch das für den Professor auf. Jetzt legt euch auf eure Matten und schlaft.«

Gleich bei Sonnenaufgang gingen wir die beiden Alten wecken und setzten sie – gekleidet in ihre neuen, schönen, strahlend weißen Hemden und Tücher – auf zwei Klappstühle unter dem Strohdach der Schankhütte, wo die Würdenträger sich jeden Abend um einen Krug Bananenbier versammelten. Gemäß den Anweisungen der Studenten hatten wir uns vom Gemeinderat einen Tisch geliehen. Gasana lehnte den Stuhl ab, wollte lieber eine Matte. Auf der ging er in die Hocke und stützte sich auf seinen Hirtenstab. Die Wartezeit schien allen lang, denn das Auto der Professoren kam erst am späten Vormittag an. Der Professor grüßte die beiden Ältesten respektvoll und dankte herzlich dem Gemeinderat und allen, die an den Vorbereitungen beteiligt gewesen waren, bat dann aber, die Neugierigen fortzuschicken, die sich um die Strohhütte versammelt hatten. Der Gemeinderat und der Katechet hatten einige Schwierigkeiten, die Menge zum Gehen zu überreden, doch ein paar Stockschläge überzeugten schließlich noch die Störrischsten. Unterdessen klappten die Studenten ein paar Stühle auf und stellten auf dem Tisch die Geräte bereit, mit denen die Worte der Alten aufgezeichnet werden sollten. Sie nahmen die angebotene Hilfe dreier Jungen an, von denen einer offenbar ein paar Brocken Französisch verstand, mahnten sie jedoch zur Vorsicht: »Diese Nagra sind teurer, als ihr euch vorstellen könnt! Und sie gehen leicht kaputt!« Zum Dank wurde den drei Jungen das Privileg zuteil, bei der Befragung zuzusehen, solange sie nicht störten.

Sorgfältig notierten die Studenten Namen, Sippe und Ahnenreihe der beiden Greise. Karekezi zählte neun Vorfahren auf, Gasana elf. Karekezi erklärte, er sei noch vor Ankunft der Digidigi, der Deutschen, geboren, als der Mwami Rwabugiri seinen Krieg gegen die Bashi führte, die jetzt im Kongo sind. Gasana meinte, er sei in der Zeit der großen Seuche zur Welt gekommen, die so gut wie alle Rinder dahingerafft und die Ankunft der Bazungu angekündigt hatte. Der Professor und seine drei Assistenten stellten ihre Fragen, die zwei ruandischen Studenten übersetzten.

Der Professor erklärte zum Einstieg, er sei eigens aus Europa angereist, um mit ihnen zu sprechen, weil er von dem Hügel gehört hatte. Er kannte seine Geschichte. In Büchern hatte er davon gelesen. Und diese Geschichte war die von Kibogo. Er wollte sie von denen hören, die sie gewiss besser als alle anderen kannten, weil sie am Fuß des Runani lebten. Mit ihrer Hilfe wollte er herausfinden, ob sich hinter der Geschichte von Kibogo nicht noch weitere verbargen.

Karekezi schilderte, wie ein Königssohn namens Kibogo von den Sehern zum Opfer erwählt worden war, um Ruanda vor der Hungersnot zu retten – vor einer Hungersnot wie der, die gewütet hatte, als die Bazungu ihren letzten Krieg gegeneinander führten. Und dieser Kibogo hieß auch Akayézu. Er trug ein schönes weißes Kleid, so wie die Padri, und er beherrschte die Sprache, in der die Padri bei der Messe mit ihrem Imana redeten. Und als man diesen Kibogo, der zugleich Akayézu war, oben auf dem Gipfel des Runani opfern wollte, auf diesem Berg, der da über uns aufragt, da kam eine Wolke ihn holen, und er ist in den Himmel aufgestiegen wie der Yézu der Padri, und vielleicht kehrt auch er eines Tages wieder.

»Gesehen hab ich's nicht«, fuhr Karekezi fort, »die Ältesten haben es erzählt, als ich noch jung war. Aber als das große Gewitter kam, ist Akayézu auf den Berg gestiegen, und man hat ihn nie wieder gesehen. Außerdem hab ich gehört, er hatte eine alte Hexerin an seiner Seite, die meinte, sie sei seine Ehefrau, aber eigentlich war sie eher so was wie die Maria von Yézu. Und es heißt, sie sei genauso wie er in den Himmel aufgestiegen – wie, weiß ich auch nicht. Aber andere meinen, sie hätten ihr Gespenst auf dem Berg gesehen, keine Ahnung, wer so was erzählt, aber es sind jedenfalls Geschichten.«

»Blödsinn«, unterbrach ihn Gasana, »hört bloß nicht auf den, dieser Karekezi hat doch keinen Schimmer. Der ist zu alt. Bringt alles durcheinander. Kibogo ist nicht während des Kriegs der Weißen in den Himmel aufgestiegen. Das war lang, bevor sie kamen. Es war ... wer soll sich daran noch erinnern? Zur Zeit von Mwami Ruganzu oder irgendeinem anderen, wer weiß, aber eines weiß ich, eine Wolke hat Kibogo sicher nicht geholt. Der Blitz hat ihn getroffen, und nicht bloß ihn, sondern auch seine fünf Frauen und seine zwanzig Kinder und seine Intore, die sowohl im Tanz als auch im Kampf alle übertrafen, und seine Inyambo-Kühe, die keiner zählen konnte, so viele besaß er. Der Blitz hat sie getroffen, und so konnten sie alle in die große Wolke rein, die sie dann in den Himmel trug. Ja, auf diese Weise ist Kibogo in den Himmel aufgestiegen. Von meinem Vater hab ich das gehört, und der hatte es von seinem Vater, der es von seinem Vater hatte ... Darum ist es auch allen verboten, auf den Runani zu steigen, denn man darf den Ort nicht betreten, an dem der Blitz eingeschlagen hat, und alle, die's versucht haben, sind nie zurückgekommen. Da soll mich doch gleich selbst der Blitz treffen, wenn das gelogen ist!«

Karekezi protestierte:

»Hört nicht auf Gasana, diesen Lügner, der faselt nur Unfug, viel zu alt ist der! Alles Lügen! Hier im Dorf weiß jeder, was der sich alles ausdenkt, wenn einer die Geduld aufbringt, ihm zuzuhören.«

»Nur die Ruhe«, erwiderten die Studenten, »ich glaube, dem Professor wird gefallen, was Gasana erzählt – und auch das, was du erzählst. Wir werden versuchen, es für ihn zu übersetzen.«

Der Professor schien etwas enttäuscht von den Aussagen der Greise. Er bat die Studenten, nachzuhaken:

»Ich habe gelesen, am Hof des Mwami gab es eine Hütte, ein Ingoro, ein Heiligtum für Kibogo. Was hat es damit auf sich? Wisst ihr etwas vom Kult um Kibogo? Und es gab da doch diese junge Frau, diese Jungfrau, diese Vestalin, die ihm geweiht war.«

»Stimmt«, antwortete Karekezi, »ein Mädchen von hier, die ging an den Hof, um sich um Kibogos Hütte zu kümmern. Eine Art Dienerin war die, hat den Boden gefegt. Aber die Familie, aus der man das Mädchen ausgesucht hat, wohnt hier nicht mehr, die sind weggezogen, verschwunden, niemand weiß, was aus denen geworden ist.«

»Aber«, beharrte einer der Studenten, »der Professor wüsste gern, wie der Umuzimu von Kibogo verehrt wurde.«

»Das ist ein Geheimnis. Das weiß niemand. Nur die Hüter der Geheimnisse Ruandas, die Abiru. Ich kann dazu nichts sagen. Hast du diese Sonne gesehen? Ich will mich schließlich nicht in eine Eidechse verwandeln.«

»Aber der Professor hat gehört, früher seien Leute auf dem Berg getötet worden, das möchte er wissen.«

Gasana, der Karekezis Ausführungen kopfschüttelnd zugehört hatte, ergriff das Wort:

»Karekezi sagt, er weiß nichts. Da hat er recht, aber ich, ich weiß Bescheid. Ich, Gasana, werde alles beantworten, was ihr mich fragt. Und ihr sagt dem Professor, dass ich gut erzählt habe und er mir die Belohnung geben muss, Amafranga menshi, viel Geld.«

»Das kriegst du, wenn du schön erzählst. Überleg mal, sind auf eurem Berg außer Kibogo noch andere gestorben, um den Regen zu rufen? Denk gut nach, vielleicht wurde mal jemand umgebracht?«

»Na gut, ich erzähl's dir ... Die Frau von Kibogo – denn dieses Mädchen war Kibogos Gattin, Nyirakibogo –, die war für den Regen zuständig, weil Kibogo den Regen nach Ruanda zurückgebracht hat. Aber wenn der Regen sich verspätete, wenn er sich sträubte, die Felder der Ruander zu gießen, dann sagten die Regenmacher zum Mwami: ›Der Regen will ein Opfer, Kibogo verlangt seine Frau.‹ Also brachte man Nyirakibogo her, führte sie auf den Runani und stieß sie hinab – oder man sorgte irgendwie dafür, ich weiß auch nicht, wie, dass der Blitz sie traf, das war noch besser dafür, dass der Regen wiederkam ...«

»Hört nicht auf den«, stöhnte Karekezi, »der redet dummes Zeug, was fällt dem überhaupt ein, sich so was auszudenken, zu unserer aller Schande und der von Ruanda? Der alte Raffzahn tut für Amafranga alles, ja sogar schon für ein Gläschen, ein Agacupa. Wenn ihr ihm nicht endlich das Großmaul stopft, lügt der nur immer weiter, welche Schande für unseren Hügel! Was für ein Elend für unser Ruanda.«

»Wieso wurde dieses Mädchen gerade auf dem Runani geopfert?«, fragte der Professor, dessen Interesse nun ernsthaft geweckt war.

Gasana dachte lange nach, bevor er antwortete.

»Das war … Da muss ich überlegen … Selber beobachtet hab ich das ja nicht … Als ich klein war, haben die Alten erzählt, was sie von ihren Großvätern gehört hatten und was sie … Gut, wieso warf man Nyirakibogo vom Gipfel des Runani? Da gibt es einen Felsvorsprung. Der ragt über den Abgrund. Da stieß man sie drauf, bis vor zur Spitze, und sie fiel runter, auf die Felsen. Die scharfkantigen Felsen haben sie zerschmettert. Dann überließ man sie den Geiern und Hyänen, die fraßen sie auf, und schon kam der Regen wieder. Ihr könnt euch den Felsvorsprung ansehen, der ist immer noch da oben.«

»Verstehe«, sagte der Professor. »Man schickte sie zu Kibogo. Sie war seine Frau, und man opferte sie am selben Ort wie ihn, oben auf dem Gipfel. Aber was du mir noch nicht erzählt hast: Hat der Kigabiro irgendwas damit zu tun?«

»Der Kigabiro? Ach, den hätte ich fast vergessen … Ja, jetzt fällt's mir wieder ein … Der Kigabiro war der Ort von Nyirakibogo. Dahin ging sie, um den Regen zu rufen, der Mwami schickte sie hin, mitsamt Kühen und Intore … Vielleicht wurde manchmal auch eine Kuh oder ein Intore geopfert, das weiß ich nicht mehr … So, ist der Professor jetzt zufrieden? Das reicht doch wohl … Ich habe schön erzählt, oder?«

»Ja, wunderbar, aber jetzt sei lieber still, sonst bringst du noch alles durcheinander. Ich übersetze ihm, was du erzählt hast. Das wird ihm bestimmt gefallen, er sucht überall nach Menschenopfern, die sind sein Spezialgebiet.«

»Sehr gut«, sagte der Professor, nachdem er dem Studenten zugehört hatte. »Wirklich hochinteressant. Morgen erkunden wir den Kigabiro, oder das, was davon noch übrig ist. Unendlich schade, dass man diese Jahrhundertbäume gefällt hat, diese Zeugen der Geschichte Ruandas. Bedauerlich, dass niemand sie vor der Zerstörungswut der Missionare beschützt und dieses wertvolle Kulturerbe gerettet hat.«

Niemand verstand, weshalb diese neuen Bazungu sich so brennend für die Bäume auf dem Hügel interessierten, von denen doch bloß noch Stümpfe übrig waren. Weshalb sie so viele Fragen über sie stellten. Es schien, als wären sie wütend wegen der alten Bäume und hielten es für eine Sünde, dass man sie gefällt hatte. Der Katechet versuchte, ihnen die Gründe zu erläutern, und einer der ruandischen Studenten übersetzte sein Plädoyer:

»Diese Bäume«, hatte er erklärt, »stammten aus der Zeit der Heiden. Der Teufel und seine Diener hatten sie gepflanzt. Und man hielt dort Rituale ab, von denen heute, wo alle getauft sind, niemand mehr sprechen mag. Fragen Sie besser nicht danach. Alle haben diesen Heidenfirlefanz vergessen. Außerdem hat Gottes Zorn diese verfluchten Bäume getroffen. Beim großen Gewitter ist der Blitz in sie eingeschlagen. Danach sind sie vertrocknet und zu Staub zerfallen. Die Leute vom Hügel können nichts dafür.«

Was der Katechet da erzählte, war auf die Ohren der neuen Bazungu gemünzt – die volle Wahrheit war es nicht. Tatsächlich hatten die Leute vom Hügel dem Zorn Gottes etwas nachgeholfen. Oder besser gesagt: Sie hatten den Xaveri geholfen, »die Götzen zu stürzen«, wie die das genannt hatten. Die Xaveri waren von der Schule der großen Mission gekommen. Die hatte einen neuen Rektor bekommen: einen dieser neuen Padri, die nur noch von Fortschritt und Demokarati sprachen. Dieser Rektor hatte einen Teil der Schülerschaft bei einem Verband namens Xaveri angemeldet. Die Intore der alten Padri hatten getanzt, die Xaveri spielten Fußball. Die Intore mussten rank und schlank sein, die Fußballer der Xaveri stämmig und gedrungen. Ein Großseminarist, der die Xaveri im Rahmen seiner Probezeit betreuen sollte, hatte die Spieler ausgewählt und ihnen verkündet:

»Ihr, die Fußballspieler, ihr seid die wahren Ruander. Die Intore sind Memmen, die man als Krieger von früher verkleidet. Ihre Ahnen stammen aus Äthiopien, oder schlimmer, aus Ägypten.«

Der Rektor erzählte seiner Truppe von ihrem Schutzpatron, dem heiligen Franz Xaver, jenem großen Missionar, der ans Ende der Welt gereist war, um die Japaner zu taufen. Nagasaki, Yokohama: Diese Namen gefielen den Xaveri. Fast ruandisch klangen die. Die Xaveri bekamen eine schöne Uniform, bestehend aus kurzer Hose und halbärmligem Kakihemd. Beinah wie Soldaten. Und beinah wie Soldaten hatten sie auch Flaggen, in Gelb und Weiß, den Farben des Papsts, dazu Banner mit der Madonna auf goldenen Wolken. Die Mädchen der Hauswirtschaftsschule hatten Maria und die Wolken gestickt. Die Xaveri sangen Lieder, die man bei der Messe noch nie gehört hatte, und der Padri begleitete sie auf seinem Akkordeon:

Kühn zu hohen Bergesgipfeln
Schlugen wir, die Xaveri
Ein den steilen Pfad
Des Fortschritts, der Entwicklung
Und die Sonne strahlt über Nyanza
Denn unser König übergab
Das Land dem König aller Könige

Der Rektor war ein großer Freund eines Spiels, das er Theater nannte. Er hatte erklärt, dabei müsse man so tun, als wäre man ein anderer. Doch die Worte dieses Anderen müsse man so aussprechen, als wären sie die eigenen. Die Xaveri hatten die Märtyrer von Uganda gespielt. Märtyrer waren eine Art Intore, die der böse König jenes Landes auf einen großen Scheiterhaufen hatte werfen lassen, weil sie Christus nicht abschwören und sich den scheußlichen Sitten des Tyrannen nicht unterwerfen wollten. Die Aufführung fand am 30. Juni statt, dem Feiertag der Märtyrer von Uganda, und die Entwickelten der Gegend diskutierten lange in der Schankhütte darüber.

Der Rektor seinerseits schien zu bedauern, dass König Musinga, dieser halsstarrige Heide, nicht wie der König von Uganda ein paar seiner getauften Intore in den Märtyrertod geschickt hatte. So hatte Ruanda seinen Einstand in die Christenheit verpasst.

Derartig stolz war der Rektor über seinen ersten Erfolg, dass er den Xaveri verkündete, sie würden schon bald ein neues Stück einstudieren und spielen. Geschrieben hatte dieses Stück vor langer Zeit ein Franzose mit einem Vogelnamen, aber der Rektor hatte es natürlich mit allen nötigen Anpassungen ins Kinyarwanda übersetzt. Es spielte zur Zeit der Römer, die fast die ganze Welt erobert hatten – mit Ausnahme Ruandas. Die Römer waren Heiden und verfolgten die Christen. Das Stück erzählte die Geschichte eines jungen Soldaten, der sich – kaum, dass er getauft war – daranmachte, die Götzen zu stürzen, weshalb er umgehend von den Wachen hingerichtet wurde.

Die Vorstellung fand an einem Sonntag nach der großen Messe statt und war Schülern und Entwickelten vorbehalten. Das Götzenbild sah aus wie eine Vogelscheuche, nur noch gruseliger. Man hatte sie mit den widerlichsten Grigri behängt. Der Padri selbst hatte die grinsende Visage gezeichnet, aus deren offenem Mund spitze Zähne blitzten. Der Frischgetaufte stürzte sich auf den falschen Gott und streckte ihn mit einem einzigen Speerstoß nieder. Der Götze brach unter ohrenbetäubendem Lärm zusammen, während die mit Helmen aus vergoldeter Pappe bewehrten römischen Soldaten mit Holzmacheten auf den tapferen Christen einhackten. Da färbte die weiße Tunika des Märtyrers sich leuchtend rot, und eine Stimme, die irgendwie aus dem Himmel kam, verkündete: »Das Blut der Märtyrer ist die Saat des Christentums.« Die meisten Zuschauer waren davon schwer beeindruckt, doch manche brummten: »Das Kino in Kigali ist besser«, und die Xaveri beschwerten sich, weil man für die Rolle des Märtyrers einen Intore ausgewählt hatte statt eines Fußballspielers.

Die Xaveri hätten liebend gern ebenfalls Götzen gestürzt (auch ohne den Märtyrertod zu riskieren), doch gab es leider in Ruanda keine mehr, weil alle im Land längst getauft waren. Der Kapitän der Fußballmannschaft merkte an, man könnte vielleicht die Trommel Karinga kaputtschlagen, denn die königliche Trommel sei schließlich auch eine Art Götzenbild: Unter Musinga, dem wegen seines sturen Heidentums gestürzten König, hatte man sie noch mit dem Blut von Opferstieren bestrichen, genau so, wie man es mit den heidnischen Symbolen machte. »Vielleicht sogar mit Menschenblut«, mutmaßte der Mittelstürmer. »Und wisst ihr überhaupt, mit was die Trommel geschmückt ist? Mit Bikondo! Wisst ihr, was Bikondo sind? Na ja, also, tut mir leid, wenn ich vulgär werde, aber Bikondo sind Hoden, ja, genau, Eier. Die Eier von besiegten Königen. Und übrigens: Unter diesen besiegten Königen waren auch Ruander wie wir!« Der Mittelstürmer bebte vor Zorn, und seine besorgten Kameraden gaben sich alle Mühe, ihn zu beruhigen. Du, sagten die einen, der König hat Karinga doch nur aufgehoben, weil sie das Symbol des Landes ist, so ähnlich wie die Flagge der Belgier. Wenn du sie zerstörst, zerstörst du vielleicht auch das Land. Und außerdem, fügten die anderen hinzu, wird die im Mwami-Palast von Nyanza gut bewacht, mit deiner Axt oder Machete kommst du da nicht rein. Schließlich fand der Torwart das passende Argument, um die Wut des Kapitäns zu zügeln: »Ich war in Nyanza, als Mutara Rudahigwa unser Ruanda dem Christus-König geweiht hat«, sagte er. »Es gab eine große Prozession, und Karinga und ihr Gefolge waren auch dabei. Ganz kleinlaut wirkten die hinter den Kreuzen, den Bannern und der Monstranz, die gestrahlt hat wie die Sonne. Karinga und die alten Trommler – acht Stück waren's, ich habe sie gezählt – sahen aus wie Gefangene. Mich hat das an die Könige erinnert, von denen uns der Rektor erzählt hat – die, die bei den Römern in Ketten hinter dem General herlaufen mussten, der sie unterworfen hatte, nur, um sie zu demütigen. Ich sag's euch, Karinga und die anderen wurden an diesem Tag dem Gott der Padri unterworfen. Den alten Plunder zu zerschlagen, kann man sich getrost sparen.«

Der Rektor fand einen Weg, den bilderstürmerischen Eifer seiner Xaveri zu befriedigen. Irgendjemand musste ihm erzählt haben, dass es am Fuß eines Bergs unweit der Mission einen Hügel mit einem heidnischen Wald gab, in dem angeblich ein Dämon hauste, und dieser Jemand hatte ihm obendrein eingeflüstert, es gebe in diesem entlegenen Winkel noch eine ganze Bande Heuchler, die bei Nacht dem Teufel hinterherliefen, ein wahres Nest von Hexern und Giftmischern, in dem sich außerdem, so fuhr dieser Jemand fort, vor nicht allzu langer Zeit merkwürdige Dinge mit einem verstoßenen Seminaristen abgespielt hatten, der eine Schar verrückter Frauen mit in die Verdammnis gerissen hatte, und mit einer noch schrecklicheren Hexerin, die arme Bauern mit Zaubern plagte, die sie bei Hof gelernt hatte, wo sie eine der wichtigsten Teufelspriesterinnen gewesen war. Die vom Aberglauben immer noch blinden Leute hatten sich geweigert, die verfluchten Bäume zu fällen und stattdessen eine schöne Statue der Jungfrau aufzustellen, die sie vor all dem Unheil schützen würde, das ihnen bisher nicht erspart geblieben war.

Der Rektor glaubte den Gerüchten und wählte den Hügel daher für das Ferienlager der Xaveri aus. Dort würden sie nicht nur den armen Bauern einen Teil ihrer Mühsal abnehmen, sondern obendrein das Heidentum an einem der zweifellos letzten Orte bekämpfen, an denen es sich noch immer verschanzt hielt.

Zu Beginn der Trockenzeit sah man eine Karawane auf dem Hügel ankommen, wie wir sie noch nie erlebt hatten. Das Auto des Rektors führte zwei Lastwagen an, von denen einer die Xaveri transportierte, mit gereckten Hälsen und Fahnen, und der andere ihre Zeltausrüstung. Der Gemeinderat war gekommen, um sie in Empfang zu nehmen. Am gemeinschaftlichen Arbeitstag hatte er ein Stück Hang vom Gestrüpp befreien lassen, auf dem Hügel, auf dessen Gipfel nur noch ein paar alte, dürre Feigen standen – die letzten Überbleibsel des heidnischen Waldes. Jetzt hieß der Rat die Besucher willkommen und dankte dem Rektor dafür, dass er die christliche, entwickelte Jugend zu diesem entlegenen Hügel führte, wo sie dem Bauernvolk den Fortschritt bringen würden. Der Rektor antwortete knapp, die Xaveri seien gekommen, um der gesamten Bevölkerung zu helfen, ohne jede Ausnahme, aber auch, um die letzten Bollwerke des Aberglaubens zu bekämpfen, die immer noch – aber nicht mehr lange – den Eintritt Ruandas in die Gemeinschaft der zivilisierten Nationen verzögerten.

Zwei Wochen lang zogen die Xaveri über die Pfade des Hügels und fragten an jeder Tür, womit sie behilflich sein konnten. Doch die misstrauischen Bewohner gaben stets an, alles sei in bester Ordnung, sie bräuchten keinen und hätten um nichts gebeten, aber falls die gebildeten jungen Leute sich einen Krug Bier mit bescheidenen Bauern teilen wollten, seien sie jederzeit willkommen und ihr Besuch eine Ehre. Schließlich überredeten sie eine alte Frau, sich von ihnen die baufällige Hütte mit neuem Stroh verstärken und den Zaun reparieren zu lassen, doch als der Rektor ihnen auftrug, etwas Wasser für die Großmutter zu holen, weigerten sie sich strikt und erklärten, diese Aufgabe sei eines Mannes nicht würdig, auch nicht eines getauften, und alle Männer auf dem Hügel sahen das ähnlich. Ein Trupp beschotterte die Straße zur Niederlassung und ersetzte die Ziegel, die der Sturm fortgerissen hatte. Ein anderer räumte den Pfad zu dem Wäldchen frei, in dem angeblich immer noch die Geister umgingen. Uns war schleierhaft, weshalb diese jungen Leute mit so viel Eifer einen Weg bahnten, den kein Mensch mehr benutzte.

Jeden Abend setzten die Xaveri sich in ihrem Lager um ein großes Feuer und sangen Lieder. Dann richtete der Rektor ein paar Worte an sie, und nach dem Gebet zogen sich alle in ihre Zelte zurück. Der Rektor selbst hatte aus der Kapelle der Niederlassung sein Büro und Schlafzimmer gemacht. Den freien Frauen, die von wer weiß wo gekommen waren und nachts um die Zelte scharwenzelten, schenkten die jungen Leute anscheinend keine Beachtung. Dennoch behauptete die wie immer giftige Gerüchteküche, eine von ihnen hätte ziemlich genau neun Monate später in Kigali ein Kind zur Welt gebracht.

Zum Ende des sonntäglichen Hochamts ergriff der Rektor das Wort. Er dankte den Leuten vom Hügel, dass sie seine Xaveri so freundlich aufgenommen hatten, und erinnerte daran, dass sie gekommen waren, um zu helfen. Dann, nach einer langen Pause, zeigte er plötzlich in Richtung des Hügels gegenüber: »Dreht euch um«, rief er, »und schaut: Was seht ihr dort auf diesem Hügel? Ich sehe einen heidnischen Wald. Ihr lebt im Schatten des Dämons, weil diese teuflischen Bäume noch immer da stehen, weil ihr nicht fromm genug wart, sie zu fällen. Eure Seelen mögen getauft sein, aber die Wurzeln des Aberglaubens habt ihr nicht ausgerissen. Meine Xaveri sind gekommen, um euch aus den Banden zu befreien, in denen euch das alte Heidentum noch hält, das euch so viel Unheil eingebracht hat. Kommt morgen mit euren Macheten, ich werde sie segnen, und wir steigen gemeinsam auf den Hügel, wo sich der Dämon versteckt. Und den Stärksten von euch leihe ich Äxte, unter deren Hieben die Teufelsbäume stürzen werden.«

Am nächsten Tag stiegen etwa zwanzig Männer, gefolgt von ebenso vielen Frauen und neugierigen Kindern, angeführt vom Rektor und den Äxte und Fahnen tragenden Xaveri, auf den Hügel mit dem Heidenwald. Der heilige Wald war mittlerweile ziemlich licht. Viele seiner alten Bäume waren dem Blitzschlag zum Opfer gefallen. Ihre schwarzen, gespaltenen Stümpfe mit den kahlen, verstümmelten Ästen erhoben sich wie verwundete, aber noch immer unheilvolle Riesen. Einige glaubten tatsächlich, ihre Wurzeln reichten bis hinab ins Land der Toten, wo die Geister ewig durch ausweglose Finsternis streiften. Sowohl die Hilfsholzfäller vom Hügel wie auch die Xaveri zauderten lange. Ein paar Frauen stahlen sich davon und eilten zurück ins Tal, so schnell ihre Füße sie trugen. Da schnappte der Rektor sich eine Axt und ging auf den größten Baum los. Schlagartig von der lähmenden Angst befreit, fielen nun auch die Xaveri über die Bäume her, und ein paar der Männer vom Hügel schlossen sich mehr oder weniger zögerlich ihrem Katecheten an. So hartnäckig und eifrig gingen die Xaveri ans Werk, dass der Wald ihnen keinen Vormittag lang standhielt. Die Stümpfe und Äste wurden zu einem riesigen Scheiterhaufen gestapelt, der drei Tage lang brannte. Fünf Xaveri bewachten das Feuer und vertrieben kleine Mädchen, die Kleinholz für die heimischen Öfen sammeln wollten. »Wisst ihr nicht, dass dieses Holz verflucht ist?«, schimpften sie. »Die Wurzeln dieser Bäume haben Höllenfeuer getrunken. Wollt ihr bei euren Müttern denn Shatanis Herdfeuer anzünden?« Weinend eilten die Mädchen den Hügel hinab und meinten, sie hätten das Höllenfeuer gesehen.

Der Rektor gratulierte den Xaveri dazu, dank ihres Muts die letzte Zuflucht des Dämons gebannt und gereinigt zu haben.

Die Xaveri, die auf dem gerodeten Gipfel ihre Fahnen gehisst hatten, trugen Backsteine herbei und bauten damit, wie sie erklärten, einen Sockel, so wie in der großen Missionskirche, um eine Statue der Jungfrau daraufzustellen. Die Statue war ausgesprochen weiß, mit Augen so blau wie ihr Schleier. Der Rektor erklärte, der Monseigneur aus Kabgayu habe allen großen Missionen so eine Statue geschickt, aber weil die Xaveri hier so freundlich aufgenommen worden waren und alle mitgeholfen hatten, die Dämonen auszutreiben, habe er ausnahmsweise auch eine für diese winzige Niederlassung reserviert. Das sei eine große Ehre. Stolz sollten die Leute vom Hügel sein und so oft wie möglich kommen, um vor der lieben Frau zu beten, die von nun an die Mächte des Bösen von ihnen fernhalten würde. Mehrere Rosenkränze wurden gebetet, dann brachen die Xaveri ihre Zelte ab, der Rektor stieg in seinen Wagen, die Xaveri auf ihren Laster, und der Konvoi verschwand in einer Staubwolke.

. . .

Am Morgen nach der Ankunft des Professors empfingen der Gemeinderat, der Katechet und ein paar Würdenträger ihn und sein Gefolge am Fuß des Kigabiro-Hügels.

»Dass mir denen ja keiner nachläuft«, hatte der Gemeinderat der wartenden Schar befohlen.

Doch die drei Jungen eilten trotzdem zum Land Rover und boten den Studenten an, beim Tragen der Ausrüstung zu helfen.

»Einverstanden«, sagte einer, »aber wie heißt ihr eigentlich?«

»Ich bin Kabwa, und das sind Gatwa und Gahene.«

»Sind ja nicht gerade schöne Namen«, sagten die Studenten und lachten.

»Du kannst uns nennen, wie du willst«, erwiderte Kabwa. »Tintin, Tarzan oder Lucky Luke.«

»Was ihr alles kennt!«, staunten die Studenten. »Wo habt ihr das denn gelernt?«

»Also ich«, sagte Kabwa, »ich habe die Schule besucht und war sogar befreundet mit einem Lehrer von der Entwicklungshilfe. Der hat mir Comics gegeben.«

»Und jetzt gehst du nicht mehr zur Schule?«

»Ich hatte Ärger mit dem Rektor, wegen diesem Lehrer. Der hat so Sachen am Himmel gesehen: Fliegende Untertassen nannte er die.«

Die Studenten brachen in lautes Gelächter aus und sagten:

»Gut, in Ordnung, tragt die Ausrüstung, aber benehmt euch, kommt dem Professor ja nicht in die Quere.«

Auf dem Kigabiro machten der Professor, seine Assistenten und die beiden Studenten sich an allerlei Tätigkeiten. Sie zählten sämtliche Stümpfe der gefällten Bäume, fotografierten ein paar Stämme und maßen den Umfang des ehemals heiligen Waldes aus. Die Assistentin zeichnete auf Grundlage der Überreste den vermuteten Plan des Geländes auf. Die drei Jungen bekamen Hacken und Spaten, um ein Rechteck um die Statue aufzugraben, und der Professor untersuchte gründlich den freigelegten Boden. Die Studenten gaben die Erde in ein Sieb und entdeckten darin ein paar Tonscherben und verkohlte Zweige. Der Professor verkündete, alles deute darauf hin, dass hier früher einmal eine Hütte gestanden hatte, womöglich das Heiligtum Kibogos und seiner Priesterin. Er riet dem Institut in Astrida, unverzüglich einen Trupp Archäologen zu schicken. Die Statue müsste zur Seite geräumt werden. »Als hätte man sie eigens aufgestellt«, brummte der Professor, »um die Ruander daran zu hindern, sich ihrer Geschichte wieder zu bemächtigen.« Er hoffte, darunter Gräber, Trommeln und Opferwaffen zu entdecken. Anhand der Stämme konnte man das Alter der Bäume ermitteln … All das würde garantiert ein epochaler Meilenstein der Afrika-Forschung werden.

Vorsichtig meldete sich da der Katechet zu Wort:

»Aber die Marienstatue, die müssen Sie in Frieden lassen, der Monseigneur selbst hat die unserem Hügel geschenkt, die darf nicht angerührt werden, das wäre Sünde, eine Todsünde sogar, und würde uns sicher großes Unheil einbringen. Nein, nein, das geht nicht …«

»Keine Sorge«, beruhigte ihn der Professor, »wir stellen eure Statue nur ein Stück um. Die Mutter Gottes wird wohl kaum die Wissenschaft aufhalten.« Und an seine Assistenten gewandt fügte er hinzu: »Hier geht's ja zu wie in der Vendée oder in der Bretagne.«

Die drei Jungs hatten sich zu den Studenten geschlichen:

»Also der Professor, der wird uns doch was geben?«

»Na klar, das hat er doch versprochen.«

»Wenn er was springen lässt, könnten wir ihm ebenfalls was Schönes erzählen; wir kennen auch Geschichten. Aber nicht solche wie dieser Lügner Gasana, der sich für ein Bier jeden Mist ausdenkt. Die Frau von Kigobo hat hier im Kigabiro nie gewohnt, und keiner hat jemals irgendwen vom Berg geworfen. Das hat Gasana sich alles aus den Fingern gesaugt, damit er mehr Amafranga als Karekezi kriegt. Aber wir können davon berichten, was wir wirklich gesehen haben.«

»Na dann erzählt es erst mal uns, damit wir sehen, ob es interessant ist.«

»Wenn wir's euch erzählen, erzählt ihr's doch nur selber dem Professor weiter, und wir gehen leer aus.«

»Wenn es sich lohnt, bring ich euch persönlich zum Professor und lasse euch mit ihm reden.«

»Na gut. Also, was ihr da bei der Statue gefunden habt, diese Kohle und die Tonscherben: Das ist überhaupt nicht alt. Wir waren zwar noch klein, aber wir haben alles gesehen. Da, wo jetzt die Maria steht, stand Akayézus Hütte. Wisst ihr, wer Akayézu ist? Der war mal ein Seminarist. Und ist verrückt geworden. Deshalb hat man ihn vom Großen Seminar geworfen. Niemand weiß, ob er sich wegen seines Namens für Yézu gehalten hat, oder vielleicht wegen der Märchen seiner Mutter für Kibogo. Jedenfalls gingen jede Menge Geschichten über ihn um. Wie die Märchen meiner Großmutter waren die. An die Kinder hat er Brot verteilt: Zwei Laibe reichten für alle aus. Und angeblich hat er ein Baby wieder zum Leben erweckt, heute ist die ein kleines Mädchen und spielt die Heilerin. Er hatte auch Jünger, so wie

Yézu, aber seine Jünger waren Frauen, sogar freie Frauen, die mit ihren Mischlingen und Krankheiten aus Kigali zurückgekommen waren. Und dann hat er Mukamwezi geheiratet. Ach so, die kennt ihr gar nicht? Also da wird's wirklich interessant für den Professor! Mukamwezi war das Mädchen, das man für den Hof des Mwami ausgewählt hatte. Sie war die Letzte, die nach Nyanza ging. Und wisst ihr, was sie bei dem alten Mwami Musinga gemacht hat? Um die Hütte von Kibogo hat sie sich gekümmert! Sie war die Freundin von Kibogo. Der hatte beim König so eine Art Kapelle. Das müsst ihr doch wissen, ihr seid ja praktisch Gelehrte, und ihr wisst auch, dass Kibogo in den Himmel aufgestiegen ist, um den Regen zu holen. Ihr habt ja die Geschichten von den Alten gehört. Und als die große Dürre kam, die man Ruzagayura nannte, während des letzten Kriegs, da ist Mukamwezi mit ein paar Alten auf den Berg gestiegen – auch mit denen, die euch ihre Geschichten erzählt haben, die anderen sind schon gestorben –, und dann hat sie den Regen zurückgebracht. Das alles erzählt man sich, wenn der Padri grade mal nicht hinhört.«

»Oh, das dürfte den Professor wirklich interessieren.«

»Moment, ich bin ja noch nicht fertig. Also wie gesagt, der verrückte Akayézu ist bei Mukamwezi eingezogen, und die eine war verrückter als der andere. Einmal, zu Beginn der Regenzeit, kam dann ein Gewitter, wie wir es noch nie erlebt hatten. Das hat alles kurz und klein gehauen und davongeblasen. In die Bäume vom Kigabiro ist der Blitz eingeschlagen. Akayézus Hütte ist abgebrannt, und die von Mukamwezi wurde von riesigen Felsen platt gewalzt. Alle sagten: ›Die beiden Heiden sind tot: Der Gott der Padri hat sie bestraft.‹ Aber wir, wir wissen, dass sie damals nicht gestorben sind. Wenn sie überhaupt tot sind! Wir sind auf den Gipfel des Runani gestiegen. Einfach nur, weil es verboten war. Wir wollten wissen, was dahintersteckt. Also sind wir alle drei da rauf, Gahene, Gatwa und ich, Kabwa, und kurz vorm Gipfel war auf einmal um uns herum eine seltsame Wolke. Nicht mal die Hand vor Augen sah man mehr. Trotzdem haben wir in dieser komischen Wolke etwas erkannt, ich weiß auch nicht, was, aber es hat mit uns gesprochen, vielleicht war es ein Umuzimu, ein Gespenst, das von Mukamwezi, ja, von Mukamwezi, aber mehr kann ich dazu nicht sagen, das würde uns Unglück bringen. Außer ...«

»Erzähl weiter, das interessiert den Professor bestimmt. Solange ihr nicht übertreibt, gibt er euch dafür sicher, was ihr wollt.«

»Na gut«, sagte Kabwa und senkte die Stimme. »Das Gespenst erzählte uns, Akayézu sei in der Wolke weggeflogen, so wie Kibogo, und er würde wiederkommen, so wie Yézu.«

»Was für eine Geschichte! Wo habt ihr die bloß her? Kabwa, du erzählst sie dem Professor, und der steckt sie dann in sein Buch, für die anderen Professoren. Aber rede lieber nicht zu viel von Yézu. Der Professor ist kein großer Freund von Jesus und den Missionaren. Aber Menschenopfer, die findet er prima, die sucht er überall: bei sich zu Hause, das zur Zeit seiner Ahnen noch Gallien hieß, und bei den alten Amerikanern und auf der ganzen Welt. Und sagt ihm auch nicht, dass Gasana sich seine Geschichten ausgedacht hat, das würde ihm gar nicht passen. Wenn wir Geschichten für ihn finden, die ihm gefallen, dann besorgt er uns hoffentlich ein Stipendium, mit dem wir auf eine Universität in Europa können. Und keine Sorge, ihr kriegt eine schöne Belohnung. Er muss nur zufrieden aus Ruanda abreisen.«

So setzte sich Kabwa umgehend ans Mikrofon und erzählte dem Professor auf Französisch die Geschichte von Akayézu und Mukamwezi. Gatwa und Gahene versuchten zwar immer wieder, ein paar Varianten beizusteuern, doch die Studenten schoben sie brüsk zur Seite und brachten sie zum Schweigen.

»Wirklich interessant«, fand der Professor. »Dagobert und Léonidas, ihr transkribiert mir das sofort, damit ich heute Nacht darüber nachdenken kann, und morgen steigen wir dann auf diesen verbotenen Berg. Die Jungs sollen uns führen. Dorothée, denk dran, ihnen den gebührenden Anreiz dafür zu geben. Aber sonst will ich da oben keinen sehen, am allerwenigsten diesen bigotten Katechisten. Haltet mir den bloß vom Leib, wir dürfen keine Zeit verlieren.«

Selbstverständlich fanden die drei Jungen sich wie verabredet am Fuß des Runani ein. Dort brauchten sie nicht lange zu warten: Der Land Rover des Professors kam wenig später an. Gatwa und Gahene gab man Ausrüstung zu tragen, der zum Guide beförderte Kabwa wurde von dieser Pflicht ausgenommen und ging dem kleinen Zug voraus. Er führte die Expedition an, erahnte die Ränder eines überwucherten Weges, der immer steiler wurde, je höher sie kamen.

»Nicht so schnell«, riefen die Studenten, »der Professor ist nicht mehr der Jüngste. Sein Herz macht das nicht mit. Diese alten weißen Professoren sind wie Babys, auf die muss man gut aufpassen. Wenn du so den Berg raufstürmst, geht ihm die Puste aus, bevor wir oben sind. Und schuld wärst nur du allein, deine Belohnung kannst du dann in den Wind schreiben.«

Kabwa zügelte sich etwas, und sie machten so oft Rast wie nötig, damit der Professor kurz verschnaufen konnte.

»Glaubt mir«, sagte dieser, »ich habe schon ganz andere Berge bestiegen, einmal sogar die dreihundertfünfundsechzig Stufen der Großen Pyramide der Maya in Mexiko, und zwar ohne Pause: Das war vielleicht was! Von dort oben warfen die Maya ihre Geopferten hinunter. Vielleicht war das auch hier ähnlich, nach dem, was die Alten und Kabwa erzählen. Dem müssen wir dringend nachgehen.«

»Wenn das wirklich stimmt, werden Sie es ganz sicher beweisen«, antworteten die Assistenten im Chor.

»Vielleicht hat Mukamwezi auch Akayézu von diesem Fels gestoßen«, sagte Kabwa. »Falls er nicht selbst gesprungen ist. Er hielt sich für Kibogo, wollte in den Himmel aufsteigen, völlig irre war der.«

»Oder es wird andersrum ein Schuh daraus«, erwiderte der Professor lachend, »und Akayézu hat Mukamwezi hinabgestoßen. Jedem seine Hypothese, mein Junge. Du bist nicht dumm, daraus sollte man was machen. Kabwa heißt du, das bedeutet ›kleiner Hund‹. Dein Vater hätte dich auch ›schlauer kleiner Hund‹ nennen können, scheint mir. Aber fürs Erste: Darf ich mich ein bisschen bei dir aufstützen? Bis zum Gipfel sollst du mein Krückstock sein.«

Geführt von Kabwa – und den Professor über steile Stellen stützend, hebend, hievend – erreichte der kleine Trupp schließlich das abschüssige Plateau, das den Kamm des Runani bildete, und blieb vor einem Felssporn stehen, der über den Abgrund ragte.

Der Professor fand den Atem wieder – und seine Begeisterung:

»Seht ihr diesen Vorsprung? Genau, wie ich vorhergesagt

habe: Das ist der Tarpejische Fels von Ruanda, die Cheops-
pyramide Zentralafrikas. Der Opferfels. Knipst mir den aus
allen Perspektiven.«

Die Assistenten holten ihre Fotoapparate aus den Taschen
und fotografierten drauflos, während der Professor tief in
Gedanken zu versinken schien.

»Jetzt brauchen wir jemanden ohne Höhenangst. Einer
muss bis ganz nach vorn gehen und nachsehen, ob Zeichen
in den Fels geritzt sind; ich rechne eigentlich mit keiner In-
schrift, wir sind hier schließlich in Ruanda, nicht in Yucatán.
Aber überprüfen sollten wir es trotzdem.«

Da brach allgemeines Zaudern aus. Die Assistenten studierten aufmerksam ihre Notizen. Die Studenten stellten sich
taub.

»Ich mach's«, sagte da Kabwa. »Ich hab keine Angst. Ich
schau nach, ob da was steht.«

Gatwa und Gahene wollten ihren Freund aufhalten:

»Du spinnst ja. Mach das bloß nicht. Du willst doch nicht
für einen Muzungu deinen Hals riskieren.«

»Lasst mich«, entgegnete Kabwa, »ich weiß schon, was ich
tue. Ich bin schließlich kein altes Weib.«

Schon trat er auf den schmalen Vorsprung, Schritt für
Schritt, und hielt das Gleichgewicht mit ausgestreckten Armen. Manchmal kam er leicht ins Schwanken.

»Kabwa!«, riefen seine beiden Freunde. »Komm zurück, du
fällst noch runter! Geh uns hier oben bloß nicht drauf! Was
sollen wir deiner armen Mutter sagen?«

Der Professor, seine Assistenten und die beiden Studenten
beobachteten wie versteinert den Hochseilakt.

Kabwa hatte die Spitze des Vorsprungs erreicht. Es gelang

ihm, auf die Knie zu gehen, und er untersuchte den Fels gründlich.

»Nichts zu sehen«, rief er, »aber es könnte schon sein, dass man den Stein etwas behauen hat. Ist ganz schön spitz.«

Auf dem Rückweg machte Kabwa große Schritte, als hätte er den allerletzten Rest der Höhenangst in sich bezwungen.

Der Professor nahm den Furchtlosen begeistert in Empfang:

»Bravo, Junge! Du hast wirklich vor gar nichts Angst, und gute Ideen hast du obendrein. Es ist tatsächlich vorstellbar, dass man den Fels ein bisschen bearbeitet hat. Wenn man ihn recht betrachtet, sieht er aus wie der Schnabel eines Raubvogels. Von dort aus fliegt man los. Kommt das auf den Fotos auch gut raus?«

»Definitiv, Herr Professor. Und ja, stimmt, wenn man richtig hinschaut, kann man's gar nicht übersehen: wie ein Adlerschnabel.«

»Nicht wahr? Jetzt müssen wir den Kamm absuchen. Vielleicht finden wir noch weitere Indizien. Nur nichts übersehen!«

Jeder untersuchte die Parzelle, die ihm die Assistentin zugewiesen hatte. Kabwa, Gatwa und Gahene sammelten einige Steinchen auf, deren Form ihnen merkwürdig vorkam, doch der Professor befand, das sei nur das Werk der Natur gewesen. Auch die Assistenten kamen mit leeren Händen wieder. Da rief plötzlich einer der Studenten:

»Hier drüben! Da sind Knochen, garantiert menschlich!«

Alle liefen zu ihm. Und wirklich, vor einem Felsen waren die Überreste eines eindeutig menschlichen Gerippes zu erkennen, nur waren die Knochen so zermalmt, zerstückelt und verstreut, als hätten die Raubtiere des Berges – Geier, Schakale und Hyänen – sich um das Aas gestritten.

»Nichts anfassen«, mahnte der Professor, »zuerst die Fotos.«

»Das ist Mukamwezi«, murmelte Kabwa, »jetzt haben wir den Ärger! Wir haben ihren Umuzimu gesehen und jetzt auch ihre Knochen. Ihr Gespenst wird sich an uns rächen und uns quälen bis zum Tod.«

»Ja, fasst bloß nichts an«, ermahnte auch Gahene die Studenten. »Lasst sie liegen, wo sie sterben wollte. Ihr Umuzimu muss auf dem Berg bleiben, sonst verbreitet er überall Unglück.«

»Na, na, na«, rügte da der Professor, »jetzt mal nur nicht abergläubisch werden. Wir werden die Knochen sorgfältig bergen und ermitteln, wem sie gehören. Vielleicht der Kibogo-Priesterin, wie Kabwa meint, vielleicht dem verstoßenen Seminaristen, wie ich zu glauben geneigt bin. Aber wer weiß, vielleicht sind sie sogar älter.«

Die Studenten überließen es lieber den Assistenten, die Gebeine einzusammeln, und auch die drei Jungen blieben auf gebührendem Abstand und schauten weg, als etwas exhumiert wurde, das aussah wie ein Stück von einem Schädel.

»Wie die Reste eines Kannibalenfestmahls«, scherzte einer der Assistenten übermütig.

Die anderen taten, als hätten sie ihn nicht gehört. Gefunden wurden außerdem: der Hauer eines Warzenschweins, ein paar Katzenzähne, einige Glasperlen, die wohl zu einer Halskette gehört hatten, und sogar eine Medaille der Heiligen Jungfrau.

»Wir sollten uns sputen«, sagte plötzlich einer der Studenten, »schaut mal die Wolke, die da über den Kamm kriecht, lang wie eine Schlange ist die und kommt direkt auf uns zu, bald stecken wir im Nebel!«

»Ja bitte«, flehten die Jungen, »wir müssen hier runter, ehe die Wolke uns verschluckt. Das ist Bweramvura, die Wolke des ersten Regens, die von Kibogo, er hat sie uns geschickt. Wenn wir nicht gehen, werden wir fortgeholt oder vom Blitz erschlagen.«

Sogleich eilten Gatwa und Gahene, auf dem Fuß gefolgt von den ruandischen Studenten, den Hang hinab und ließen den Professor und seine Helfer weit hinter sich zurück. Nur Kabwa blieb an dessen Seite und führte ihn durch den immer dichteren Nebel, der sie zu verfolgen schien. Er stützte den Professor, als der auf dem feucht gewordenen Steinboden ausglitt, half ihm über schroffe Stellen, hielt ihn gerade noch fest, als er fast abgestürzt wäre. Die Assistenten folgten ihnen tastend. Endlich erreichten sie den Land Rover, in dessen Schutz die Studenten und Kabwas Freunde warteten. Schnell machten sie den Neuankömmlingen Platz, doch die sagten kein Wort und würdigten sie keines Blickes. Der Land Rover fuhr an, und der Professor, der wieder bei Atem und besserer Laune war, bemühte sich, das eisige Schweigen zu brechen:

»Puh, Glück gehabt«, sagte er. »Kibogos Fluch war uns auf den Fersen, aber mein Freund Kabwa hat mich in letzter Sekunde gerettet, als die Wolke uns holen wollte. Obwohl, womöglich wollte Kibogo mich auch gar nicht haben, was soll er denn mit einem alten Mann da oben in den Wolken?«

Die Studenten rangen sich ein Lachen ab.

»Jedenfalls«, fuhr der Professor fort, »werde ich nicht vergessen, was dieser junge Mann für uns getan hat. Nicht wahr, Dorothée? Wir müssen uns um ihn kümmern.«

»Auf jeden Fall, Herr Professor«, antwortete die Assistentin, »aber was will der junge Mann?«

»Zurück an die Schule, aber diesmal an eine richtige, eine für Weiße.«

»Wir kümmern uns darum. Irgendwo treiben wir schon ein Stipendium auf. Aber sag mal, dein Name ist schon seltsam, hast du denn keinen anderen, Kabwa, kleiner Hund?«

»Den hat mein Vater mir gegeben; einen zweiten hab ich nicht.«

»Und warum hat er dich so genannt?«

»Mein Vater war klug. Und vorsichtig. Viele meiner großen Brüder und Schwestern waren gestorben. Ich war sein einziger Sohn. Woher dieser Fluch kam, war ihm nicht klar: von den ruandischen Imana oder vom Gott der Padri. Also gab er mir den Namen Kabwa, um mich zu retten, denn würde einer unserer Imana und erst recht der allmächtige Gott der Padri wohl auf einen kleinen Hund achten? Die sollten doch wirklich Wichtigeres zu tun haben. Übrigens ist das bei meinen Freunden genauso: Gahene ist die kleine Ziege, Gatwa der kleine Pygmäe, da bin ich doch lieber ein kleiner Hund!«

»Dein Vater war ein weiser Mann, Kabwa, ein richtiger Philosoph. Trotzdem, wenn du auf die Schule kommst, such ich dir einen neuen Namen aus.«

»Wie du meinst, Professor, aber dann bist du auch mein Vater.«

»Wir werden sehen, wir werden sehen …«

Der Professor wollte den Gemeinderat sprechen. Der war nicht schwer zu finden, denn abends war es Zeit für Primus, also konnte er nur in der Schankhütte sein, mit dem Katecheten und den Würdenträgern. Erleichtert und neugierig hieß er den Professor willkommen:

»Dann hat Kibogo euch also doch nicht auf seine Wolke geholt! Wir haben uns Sorgen gemacht, als wir da oben das Gewitter grollen hörten.«

»Ach, Herr Gemeinderat, Kibogo wollte uns nicht haben, wir sind einfach zu weiß.«

»Und haben Sie was Interessantes gefunden?«

»Ich glaube schon, ja. Lassen Sie uns morgen darüber sprechen. Ich will Ihnen und der interessierten Bürgerschaft mitteilen, was wir glauben, entdeckt zu haben, und was wir jetzt planen. Wir sind noch längst nicht fertig mit diesem Hügel.«

»Sie sind uns jederzeit willkommen, Herr Professor, und die Leute aus dem Dorf sind Ihnen stets zu Diensten, aber …« Er warf einen verächtlichen, misstrauischen Blick auf die drei Jungen. »Wenn Sie nichts dagegen haben, werden wir in Zukunft darauf achten, Ihnen anständige und fähige Helfer zur Verfügung zu stellen.«

»Ich glaube, ich habe bereits gefunden, was ich brauche«, entgegnete der Professor.

Kaum jemand kam am nächsten Tag, um dem Professor zuzuhören. Der Katechet war von Tür zu Tür gegangen und hatte gemahnt:

»Hört nicht auf die schönen Worte dieses schwachsinnigen Gelehrten. Er ist ein Lügner. Die Pater von der Mission haben mir gesagt: ›Den haben die Kommunisten hergeschickt, um die armen Schäfchen des Herrn zu verwirren.‹ Wisst ihr nicht, dass er den Teufel anbetet, Shatani selbst?

Diese Leute opfern Neugeborene auf ihren Altären! Nur deshalb ist der doch auf unseren Hügel gekommen, dieser Professor. Er sagt, er will unsere Marienstatue umstürzen und den grausigen Fetisch des Teufels an ihrer Stelle errichten, und er glaubt, auf dem Berg hätte man den Götzen Menschen geopfert. Er sucht Knochen für seine Hexereien, denn er ist noch schlimmer als die Kommunisten, sagen die Padri, er ist ein Freimaurer! Und die Freimaurer sind bei den Weißen das, was bei uns die Heiden sind, die nachts Kubandwa-Rituale abhalten, mit sämtlichen Dämonen aus dem Busch. Sie sprechen mit den Toten und tanzen mit dem Teufel.«

So verbarrikadierten alle ihre Tore mit Geflechten aus Dornenzweigen. Wer Schlösser hatte, hängte sie an jede Tür, die Männer hielten die Machete griffbereit, und die Frauen schnürten ihre Jüngsten noch enger an den Rücken.

Trotzdem gelang es dem Gemeinderat, ein paar Bürger zum Kommen zu überreden, indem er versprach, der Professor würde vor seiner Abreise sicher eine Runde Primus ausgeben, um dem Hügel für dessen Gastfreundschaft zu danken. Von den beiden Greisen ließ nur Karekezi sich dazu herab, seine Hütte zu verlassen, um dem Mann die Hand zu schütteln, den er fortan seinen Schutzherrn und Wohltäter nannte. Gasana kam nicht – er war verstimmt, weil er, der den Professoren doch die schönsten Geschichten erzählt hatte, dafür dieselbe Summe bekam wie Karekezi, der überhaupt nichts gesagt habe.

Der schwülstige Vortrag des Professors wurde sinngemäß von den Studenten übersetzt. Er versicherte, aufgrund seiner Forschung müsse die Geschichte Ruandas und Zentralafrikas neu geschrieben werden, zum Unmut seiner feigen Kollegen, die sich nicht aus ihrer Universität hinauswagten. Für ihn gehe nichts über Feldforschung. Bald schon käme er zurück, schloss er mit einem Blick zu Kabwa, um fähige junge Leute auszubilden, die ihm hier bereits begegnet waren. Der Gemeinderat wollte wissen, ob der Herr Professor wohl helfen könnte, die Behörden in Kigali zum Bau eines Gesundheitszentrums zu bewegen, und der Professor antwortete, die auf dem Gelände des einstmals heiligen Walds zu erwartenden Entdeckungen würden den Hügel mit Sicherheit weltberühmt machen. Ja, er wolle sogar das Heiligtum von Kibogo und seiner Vestalin nachbauen. Dort könnte man dann die alten Riten nachspielen, um aufgeklärte Touristen anzulocken. Das wäre sicher ein großer Erfolg, meinte er, und würde dem Dorf viel Geld einbringen. Trommler bräuchte man, und Intore-Tänzer, und man müsste ein hübsches Mädchen aussuchen, das die Rolle von Kibogos geweihter Gattin spielt. Er zählte auf die Mitarbeit aller Bewohner des Hügels und war sicher, die Behörden würden den Hügel dann entsprechend mit der nötigen Infrastruktur versorgen.

Dezent ließen die Studenten den Professor wissen, dass es sich nicht gehörte, aufzubrechen, ohne vorher ein Gläschen zu trinken, um »die Freundschaft zu besiegeln«, und der Gemeinderat lud auch schon alle ein, die auf den Professor anstoßen wollten, ihm in die Schankhütte zu folgen, wo Primus und Bananenbier bereitstünden. Trotz aller Mahnungen des Katecheten wartete dort eine kleine Schar. Bald floss das Bier in Strömen, und man konnte der Anzahl der Leute, die dem berühmten Professor eine gute Reise wünschen wollten, förmlich beim Wachsen zusehen. Kabwa tat, was er konnte, um seinen Förderer vor dem Ansturm zu beschützen, und bedeutete dem Fahrer, den Land Rover zu holen. Der Professor sprang ins Auto, Kabwa hinterher.

»Herr Professor, nehmen Sie mich mit, Sie sehen ja, was ich alles für Sie tun kann. Ihr Krückstock bin ich, haben Sie gesagt. Nehmen Sie mich mit und schicken Sie mich auf eine gute Schule, eine für Weiße, und wenn Sie dann die alten Knochen ausgraben, beschütze ich Sie vor der Bosheit der Lebenden und der Toten.«

»Kabwa, du bist ein guter Junge, und ich will dir helfen. Wie gesagt: Dorothée bleibt in Astrida und wird sich um dich kümmern. Du gehst wieder zur Schule, und wenn ich wiederkomme, wirst du engagiert, versprochen.«

»Danke, Herr Professor, ich warte hier auf Sie, vergessen Sie mich nicht. Vergessen Sie nicht Ihren ›Krückstock‹.«

Auch die Assistenten und Studenten schafften es schließlich in den Land Rover. Der Wagen fuhr schon an, als sie den Gemeinderat wild gestikulieren sahen. Abrupt trat der Fahrer auf die Bremse, und der Gemeinderat riss die Tür auf:

»Herr Professor, Sie müssen den guten Leuten, die auf Ihre Gesundheit angestoßen haben, noch ihr Primus bezahlen, das hätten Sie beinah vergessen! Nur wegen Ihnen sind die gekommen, zu Ihren Ehren, und sie sind arm. Schauen Sie, hier ist die Rechnung. Ihr Besuch war uns allen eine große Ehre.«

Der Professor betrachtete die Rechnung, grinste, zog ein paar Scheine aus dem Geldbeutel und sagte:

»Hier, Ihre guten Leute sollen noch eins auf mein Wohl trinken und mich nicht vergessen, ich komme wieder.«

· · ·

Zutiefst erleichtert sahen wir zu, wie der Professor und sein Gefolge davonfuhren. »Was wollten diese Bazungu nur auf unserem Hügel?«, fragten sich alle. »Die Stümpfe alter Heidenbäume ausmessen, den verbotenen Berg besteigen, alte Knochen sammeln? Das halst uns doch nur die Rache der Geister auf – und die Wut der Padri, die diese neue Sorte Weiße gar nicht gerne sehen.« Und der Katechet fügte hinzu, was er von den Missionaren gehört hatte: »Glaubt dieser Professor, der wie so viele andere randvoll mit falscher Wissenschaft ist, er könnte wirklich das Heidentum und seine blutigen Riten wieder zum Leben erwecken?« Besonders böse war er aber auf Gasana: Was hatte der sich bloß dabei gedacht, diesem Professor zuliebe solche Märchen zu erzählen, solche Lügen zu erfinden, die Ruanda unrecht taten und aus den Ahnen noch schlimmere Wilde machten als die in Amerika? Und das für ein paar läppische Zehn-Francs-Scheine, die er als Judaslohn genommen hatte!

Gasana musste Buße tun und auf das Kreuz, die Medaille von Maria, den Mwami, unser Ruanda und auf seine Kinder und Kindeskinder schwören, dass alles, was er dem Professor erzählt hatte, nichts als Lügenmärchen waren, die Frucht seiner Gier oder des Altersschwachsinns. Der Gemeinderat sollte dieses Geständnis zu Papier bringen, um es dem Verwalter und dem Häuptling zukommen zu lassen, der es zur Wahrung der Ehre seines Gebiets sicher für angebracht hielte, den Professoren, die in Astrida ernsthaft die Geschichte Ruandas und seiner Völker studierten, ein förmlich mit Gasanas Fingerabdruck unterzeichnetes Dementi zu übermitteln.

Ein zahnloses Grinsen blitzte über Gasanas Gesicht:

»Es braucht Geschichten für jedes Ohr. Wenn die Padri

mich um eine nach ihrem Geschmack gewürzte bäten, würde ich sie ihnen genauso servieren. Sei mir nicht böse. Außerdem kannst du gegen meine Worte sowieso nichts mehr tun. Die verfliegen nicht wie die der alten Geschichten. Lösen sich nicht in den zerstreuten Köpfen der Kinder auf. Sie sind längst weit fort. Reisen übers Meer. Sie werden für immer im Buch des Professors stehen, so wie die Worte von Jesus in deinem Evangelium. Vielleicht sogar in der Sprache der Bazungu, sodass ich nicht mal mehr weiß, ob sie immer noch ganz meine Geschichte sind, aber der Professor hat mir versprochen, dass mein Name in sein Buch kommt: Gasana, Sohn von Gatera, von Kagango, von Kiromba, von Gafuku, von Ntorezo, von …«

»Ja, ja, Gasana, genug jetzt von deinen Ahnen, bald schmorst du bei ihnen in der Hölle, du alter Heide.«

Viele nahmen auch Kabwa übel, dass er sich zum kleinen Hund des Professors gemacht hatte. Man verlachte seine hochtrabenden Ideen. Glaubte er denn wirklich, der Professor würde ihn adoptieren? Ihn, einen Gauner, einen kleinen Dieb, der von der Schule geflogen war, und das ausgerechnet wegen eines Lehrers? Er war doch immer noch derselbe alte Lügenbeutel: Konnte irgendwer sich diesen Kabwa, tiefschwarz, wie er war, mit einem alten, strahlend weißen Papa vorstellen, ohne dabei in Lachen auszubrechen? Man machte ihm Vorwürfe, weil er den Professor und sein Gefolge zum Knochensammeln auf den Gipfel geführt hatte. Was, wenn das den Zorn der Toten heraufbeschwor, die nichts Besseres zu tun haben, als die Lebenden zu quälen? Gatwa und Gahene meinten, Kabwa sei nach Astrida gegangen. Dort, so hatte er gesagt, würde er bei der Assistentin des Professors wohnen und auf die Rückkehr seines vermeintlichen neuen Vaters warten. Außerdem, so hatte er geprahlt, würde er die junge Frau eines Tages heiraten – selbst wenn die nach ruandischem Geschmack nämlich nicht gerade eine große Schönheit sei und auch nicht mehr die Jüngste, sei sie doch unbestreitbar weiß. Gatwa und Gahene bebten und stotterten vor Neid und schworen, sie würden nach Astrida – und wenn nötig bis ans Ende der Welt nach Usumbura – fahren, um ihren Freund zu verdreschen.

Beim Hochamt am folgenden Sonntag lauschten wir der Predigt des Padri anfangs nur mit halbem Ohr. »Es gab immer«, sagte er, »schlechte Propheten, die schlechte Geschichten erzählt haben. Wer die hörte oder – wenn er denn konnte – las, fuhr direkt in die Hölle. Diesen bösen Menschen, die den unschuldigen Kindern des Herrn solchen Dreck erzählten, hat Yézu eine eigentümliche Strafe versprochen: Man würde ihnen einen Urusyo an den Hals binden, einen Mühlstein, und sie in den Kivu-See werfen.« Ohne Übergang forderte der Padri uns anschließend auf, für alle zu beten, sogar für die Feinde von Yézu, die man zur Strafe in den See werfen müsste. Dann kam er zu dem, was er bestimmt von Anfang an schon hatte sagen wollen: »Ich habe eine traurige Nachricht: Der Professor, der euren Hügel besucht hat, ist tot. Er ist bei einem Flugzeugunglück umgekommen. Das kleine Flugzeug, das ihn zur Sabena in Usumbura bringen sollte, ist in den hohen Bergen am Kivu-See abgestürzt. Es heißt, das Flugzeug kam in ein großes Gewitter, wurde vom Blitz getroffen und in tausend Stücke geschlagen. Beten wir für den Professor und seine Begleiter. Er kann es bestimmt gebrauchen. Aber Gott ist barmherzig:

Die Gebete der unschuldigen Kinder des Herrn, so sagt man, können die Qualen der Verdammten einen Augenblick lang mildern.«

Als die vom Motorrad aufgewirbelte Staubwolke sich wieder gelegt hatte, kommentierte der Katechet die Predigt des Padri für alle, die noch auf dem Vorplatz der Niederlassung geblieben waren, um sich zu unterhalten.

»Habt ihr auch gehört, was der Padri gesagt hat? Die Strafe von Yézu, habt ihr die verstanden? Die Bösen werden mit einem Mühlstein um den Hals in den See geworfen wie früher die Ehebrecherinnen. Und wer sind diese Bösen? Falsche Gelehrte, die nicht auf der Missionsschule waren, sondern auf der Schule des Teufels. Und diese falschen Gelehrten täuschen die Kinder mit großen Worten, die keiner versteht. Sie wollen sie verleiten, alte Fetische anzubeten, die Bäume und die Schafe. Tja, auch hier bei uns auf dem Hügel war so einer, der Professor nämlich, der uns täuschen und das Heidentum zurückbringen wollte. Ihr habt es gehört: Die Hütte von Akayézu und Mukamwezi hat er wieder aufbauen wollen, und die Marienstatue, die uns der Monseigneur aus Kabgayi geschenkt hatte, wollte er abreißen, und auf dem Berg wollte er Kibogo unsere Kinder opfern.

Aber ihr habt richtig gehört: Yézus Zorn hat sein Flugzeug getroffen. Yézus Zorn muss man fürchten! Und um ihm zu danken, dass er uns vor dem Bösen gerettet hat, lasst uns hier und jetzt schwören, ein großes Kreuz auf dem Runani aufzustellen. Das wird uns vor allen Dämonen beschützen, vor Kibogo und sämtlichen Geistern der Hölle.«

Ein allgemeines Gemurmel, das der Katechet als Zustimmung auffasste, markierte das Ende seiner Rede.

Doch spät in der Nacht, als das Herdfeuer nur noch ein Häufchen rötlicher Glut war, fragten die Geschichtenweberinnen:

»Warum sollten wir Yézu diese Rache zuschreiben? Hatte Kibogo dem Professor denn nicht auch was vorzuwerfen? Was hatte der oben auf Kibogos Berg zu suchen? Und dann noch die Überreste seiner Ehefrau zu stehlen? Wir jedenfalls werden erzählen, wie Kibogo in seiner Wolke kam, gefolgt von der unendlichen Reihe seiner Frauen, die über Jahrhunderte hinweg in der Kapelle des Königspalasts sein Umuzimu genährt haben, und von seinen Intore-Tänzern mit ihrer Löwenmähne, und von den riesigen Herden seiner langhörnigen Rinder. Seinen Blitzspeer hat Kibogo geschleudert, auf die Knochen- und Gedächtnisdiebe. Und er hat sich die Gebeine seiner Gattin zurückgeholt, die sofort wieder das junge, unvergleichlich schöne Mädchen wurde, das sie früher einmal gewesen war, und den ersten Rang unter den ihm Geweihten einnahm. In unseren Erzählungen kann auch Kibogo den Himmel aufwühlen und den Blitz entfesseln: Ist die Geschichte von Kibogo nicht genauso gut wie die von Yézu?«

Und in der geheimsten Nacht webten und webten die Erzählerinnen weiter die Geschichte von Kibogo.

Menschlichkeit und Kunst in Zeiten des Umbruchs

Teju Coles neue Essays kreisen um die Frage, wie wir in Zeiten der Dunkelheit unsere Menschlichkeit bewahren und uns für die Menschlichkeit anderer öffnen. Cole ist ein literarischer Meister des Essays, und er variiert seine Form, um sie immer wieder neu für menschliche Erfahrung – individuelle und kollektive – empfänglich zu machen. *Dunkelheit ist nicht leer:* Indem er über Begegnungen mit verstörender Kunst, die Rolle von Schriftstellern in Zeiten des politischen Umbruchs, die Verwendung von Schatten in der Fotografie oder über die Verbindungen von Literatur und Aktivismus nachdenkt, indem er scheinbar weit auseinanderliegende Themen miteinander verbindet, entfaltet er neue Wahrnehmungen von *blackness* und entwirft ein tiefgründiges, multiperspektivisches Bild unserer Gegenwart.

Teju Cole
Black Paper
Schreiben in dunkler Zeit

Aus dem Englischen von Anna Jäger und Uda Strätling
Hardcover mit Schutzumschlag
Auch als E-Book erhältlich
www.ullstein.de

claassen

Eine kühne literarische Expedition in die amerikanische Wildnis und das Leben einer weitsichtigen Pionierin

Ein Mädchen allein, frierend, auf der Flucht. Hinter ihr liegen Hungersnot und die Brutalität der Menschen, unter denen sie aufgewachsen ist; um sie herum fremdes Land und seine Bewohner, die sie fürchtet, weil sie es so gelernt hat; vor ihr das Unbekannte. Nordamerika im frühen 17. Jahrhundert: Englische Siedler, fromm, überheblich und fähig zur schlimmsten Gewalt, nehmen das Land in Besitz. Das Mädchen gehörte zu ihnen, doch nun ist sie allein. Die Wildnis ist hart, sie kämpft ums Überleben und beginnt, infrage zu stellen, was man ihr beigebracht hat. Haben die Menschen hier nicht ihre eigenen Götter, ihre eigenen Namen für die Dinge? Wozu brauchen sie die Europäer? Ist sie nicht selbst nur ein fremdes, zerbeultes Wesen in einer Welt, die ihrer nicht bedarf? Und während sie die Natur zu lesen lernt, wächst etwas Neues in ihr: ein anderer Sinn, eine Liebe, die nicht besitzergreifend ist.

Lauren Groff
Die weite Wildnis
Roman

Aus dem Englischen von Stefanie Jacobs
Hardcover mit Schutzumschlag
Auch als E-Book erhältlich
www.ullstein.de

claassen

Besuchen Sie uns im Internet:

www.ullstein.de

Die Originalausgabe erschien 2020
unter dem Titel *Kibogo est monté au ciel*
bei Gallimard.

MIX
Papier
FSC FSC® C014496

claassen ist ein Verlag
der Ullstein Buchverlage GmbH
www.ullstein.de

ISBN 978-3-546-10088-5

© der deutschsprachigen Ausgabe 2023 by
Ullstein Buchverlage GmbH, Berlin
Alle Rechte vorbehalten
Wir behalten uns die Nutzung unserer Inhalte für Text und
Data Mining im Sinne von § 44b UrhG ausdrücklich vor.
Gesetzt aus Albertina MT Pro
Satz: LVD GmbH, Berlin
Druck- und Bindearbeiten: GGP Media GmbH, Pößneck

Die Arbeit des Übersetzers am vorliegenden Text wurde vom Deutschen Übersetzerfonds gefördert.